para

_____

con amor de

_____

_____

Cuentos de
Amor y
Amistad

Para Teresa y James
G. M.

Para David, Clara, Elly y Joe
J. R.

BLUME

Título original:
Love and Friendship

Traducción:
Ursel Fischer

Coordinación de la edición en lengua española:
Cristina Rodríguez Fischer

Primera edición en lengua española 2002

© 2002 Art Blume, S. L.
Av. Mare de Déu de Lorda, 20
08034 Barcelona
Tel. 93 205 40 00 Fax 93 205 14 41
E-mail: info@blume.net
© 2000 Orchard Books, Londres
© 2000 del texto Geraldine McCaughrean
© 2000 de las ilustraciones Jane Ray

I.S.B.N.: 84-95939-09-6
Depósito legal: B. 17.959-2002
Impreso en Edigraf, S. A., Montmeló (Barcelona)

CONSULTE EL CATÁLOGO DE PUBLICACIONES ON-LINE,
INTERNET: HTTP://WWW.BLUME.NET

Cuentos de
Amor y
Amistad

Geraldine McCaughrean
Jane Ray

BLUME

Contenido

La primera familia

El mundo que Dios creó es grande y muy diverso. Con sus vastos océanos, sus oscuros espacios cubiertos de espinos y sus densos bosques, no resulta nada fácil orientarse. Muy al principio, hubo una época en la que sólo tres personas habitaban sobre la Tierra, y ninguna de ellas sabía de la existencia de las otras dos. Y aunque no era la voluntad de Dios, las tres se sentían muy solas.

Una de ellas, cuyo nombre era Primer Hombre Lunes, se sentía tan sola que empezó a tallar un tronco de madera: primero una mano y un pie, después una cara, y así continuó hasta terminar una figura que se asemejaba a una mujer (aunque evidentemente nunca había visto a ninguna), y quedó muy satisfecho de su obra. Le sacó brillo con un haz de hierbas y la puso de pie delante de su casa.

—Bien —dijo satisfecho, limpiando el cincel y examinando su obra acabada, con brazos, piernas y pechos—. ¡Realmente excelente!

Pasaron los días, y mientras iba y venía, el creador de la escultura se enorgullecía cada vez más de su creación artesanal.

—Adorable —exclamaba cuando pasaba por delante—. ¡Muy hermosa! —y le acariciaba la frente y la pequeña y recta nariz.

La mujer de madera le proporcionaba tanta alegría que se la llevó al bosque para poder contemplarla durante su jornada de trabajo, cortando madera. Cada vez que la miraba experimentaba un dolor extraño en el pecho y, aunque éste no le resultaba ni molesto ni desagradable, le provocaba una especie de placer atenazante. Le puso el nombre de Sela, y le hablaba mientras trabajaba. Ya no se sentía tan solo como antes, mejor dicho, ya no se sentía solo en absoluto.

Como la estatua estaba en medio del claro del bosque, donde cualquiera podía verla, una mañana muy temprano, mientras Primer Hombre Lunes todavía dormía en su cama, pasó por allí Segundo Hombre Martes.

Al ver la estatua, Segundo Hombre Martes sintió algo así como un flechazo en el corazón y empezó a dar vueltas de emoción.

—¡Qué cosa tan hermosa! —exclamó muy emocionado, mientras corría ansiosa y torpemente de un lado a otro, casi sin saber lo que hacía. Después se quitó la capa y se la puso a la estatua, para cubrir con ella su desnudez, y se dispuso a coger las flores más bellas del bosque para hacerle una corona. También bajó a la playa a buscar

conchas para hacerle un collar y, finalmente, encendió un fuego cerca de ella para que no sintiera frío. Hecho todo esto, se fue en busca de plumas y semillas para adornar su bella estatua, pues suponía que, como Dios la había puesto en su camino, se la había destinado a él.

Mientras recorría el bosque, el humo del fuego empezó a irritar los ojos de Primera Mujer Miércoles que, curiosa por saber de dónde venía, se puso en camino para averiguarlo.

Al llegar al claro del bosque, enseguida descubrió la estatua bellamente adornada, cubierta con un manto y que brillaba como el mar iluminada por luz de la luna, y corrió hacia ella con los brazos abiertos y el rostro radiante de felicidad.

—¡Otra mujer! ¡Una compañera! ¡Una amiga para mí! ¡Se ha terminado mi gran soledad! ¡Gracias, Dios mío! Pero cuando besó la mejilla de la estatua, la sintió fría, y cuando le tomó la mano, ésta estaba rígida. Sólo de madera. ¡Ni una palabra de su boca! Con oídos que no podían escucharla y con bellos ojos oscuros que no podían verla.

Primera Mujer Miércoles sufrió un desengaño terrible. Sus manos, que habían abrazado la estatua, resbalaron tristemente.

—¡Ojalá tuvieras vida, muchacha hermosa, y pudieras ser mi amiga! Ya no tendría que vivir tan sola en este mundo solitario.

De repente, las hojas de los árboles comenzaron a temblar, y las olas del mar inundaron la playa dándole una nueva forma.

La mujer cogió la estatua —con todas sus fuerzas— y la trasladó como pudo hasta la orilla del mar, donde vivía. Cuando llegó, se sintió exhausta y se recostó en la arena, abrazada a la bella estatua, con el rostro contra su cabellera oscura del color del ébano.

Y el mar se agitó, las hojas de los árboles absorbieron la luz del día y se hizo de noche.

Por la mañana, Hombre Lunes se despertó y se fue a trabajar como siempre. Pero cuando llegó al claro del bosque, su amada estatua de madera había desaparecido. Dando alaridos de rabia, corrió a perseguir los rastros del ladrón a través del bosque.

También el joven Hombre Martes, después de haber buceado entre los bancos de ostras lejos de la costa, en busca de perlas, advirtió enseguida la desaparición de su adorada estatua. Gritando de angustia, inició asimismo la búsqueda siguiendo el rastro claramente marcado entre árboles y arbustos, hasta llegar al mar.

Mujer Miércoles, que se había quedado dormida en la playa, se despertó a causa de los alaridos de los dos hombres que, saliendo de entre los árboles, corrían hacia ella gritando y mostrando sus puños. Asombradísima, se dio cuenta de que en realidad no estaba tan sola en el mundo. Y más asombrada aún cuando vio que entre sus brazos yacía una hermosa muchacha.

Ya no había ninguna estatua de madera. Gracias a las plegarias de la mujer, ésta se había transformado en un ser de carne y hueso, con una larga cabellera y una bella sonrisa, y sabía hablar. Y si antes había sido hermosa, ahora Sela lucía tan bella que el hielo del Antártico y los picos de los Pirineos se hubieran derretido ante ella.

—¡Es mía! —dijo Hombre Lunes, tratando de tomarle la mano—. ¡La amo!

—¡Es mía! —dijo también Hombre Martes, golpeando la espalda del tallista de madera—. ¡La amo!

—¡Es mía! —dijo Mujer Miércoles, mordiéndoles los tobillos y los dedos, sin apartarse de la muchacha—. ¡La amo!

—¿No deberíamos preguntar a Dios? —inquirió Sela en voz baja, mientras los tres seguían tirándole de los cabellos y del manto.

Así que consultaron a Dios; y Dios, con el mar en calma y las hojas de los árboles bien quietas, dijo:

—Tú, Hombre Lunes, serás el padre de la muchacha, ya que nació de una idea tuya.

—¡Mía, tal como lo he dicho! —declaró Lunes orgullosamente.

—Tú, Miércoles, serás la madre de la muchacha —dijo Dios a continuación— ya que tú le diste la vida.

—¡Mía! —dijo Miércoles con cara de felicidad—. ¡Ya lo sabía!

—Y tú, Martes, serás el marido de la muchacha, ya que tú te preocupaste por ella, para cuidarla y ofrecerle todo lo que pueda desear.

—¡Oh! —exclamó Martes, y sujetándose las manos sobre el corazón en un éxtasis de felicidad, se desmayó sin pronunciar ni una palabra más.

—¡Oh! —se sorprendió Sela, que inmediatamente corrió a atender a su marido, para llevarle agua, cocinarle el pescado y abanicarle con una hoja de palmera.

Lunes ayudó a Miércoles a incorporarse y a quitarse la arena del cabello. Hacía fresco, un viento frío empezó a soplar desde altamar, y Lunes invitó a Miércoles a compartir su manto.

Y ¿sabes qué? Aunque esta primera familia aún estaba sola en medio de este mundo tan inmenso, ya no se sentía tan sola. Y más tarde, llegaron los hijos y los nietos, los niños y los bebés, y el mundo empezó a llenarse de personas en un abrir y cerrar de ojos, en un nada de tiempo. Dios también piensa, aunque a veces trate de echar algún sueñecito.

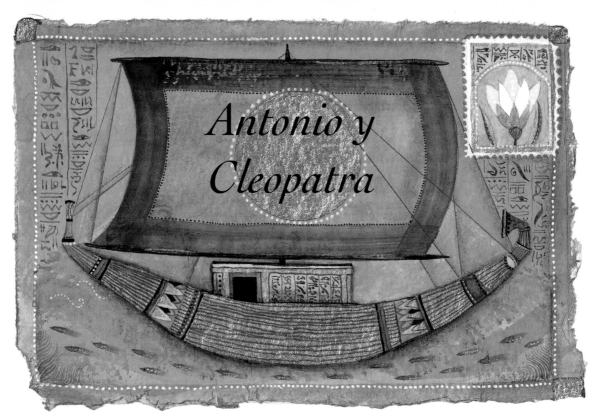

Antonio y Cleopatra

En los tiempos en los que el Imperio romano llegaba hasta los últimos rincones del mundo, Marco Antonio tomó la decisión de visitar las tierras doradas de Egipto. Se había apoderado de Roma y ahora también todo Egipto le pertenecía.

Naturalmente, los generales romanos ya habían estado allí antes. A su vuelta no cesaban de hablar de las enormes y fabulosas riquezas y del impresionante lujo, pero por encima de todo hablaban de la reina Cleopatra, de quien comentaban su gran belleza. De ella se decía que era la mujer más hermosa y astuta del mundo, que como la serpiente del Nilo era capaz de deslizarse hasta el corazón de cualquier hombre para adherirse a él, y que nada, excepto la muerte, podría entonces liberarlo.

Antonio no veía ningún peligro para su corazón. Después de todo, Cleopatra ya no era tan joven y, además, Antonio ya tenía esposa. Simplemente se disponía a visitar uno de los rincones más alejados de su Imperio para conocer a la reina del territorio conquistado.

La primera vez que la vio, Cleopatra iba a bordo de una barca dorada, llena de cupidos y con velas perfumadas. Su simple aparición se grabó profundamente en el corazón de todos.

—Una bonita obra de teatro —masculló Antonio. Sin embargo, el corazón le empezó a latir aceleradamente, y en los párpados experimentó un peso extraño. Tan pronto como sus ojos se encontraron, el amor les robó la razón a ambos: Cleopatra y Antonio estaban destinados el uno para el otro.

Ni Roma ni su hogar pudieron alterar las decisiones de Antonio. La dulzura que encontraba en los labios de Cleopatra anularon toda clase de propósitos de abandonar Egipto. Ellos se amaban ¿Cuál era entonces el problema de un amor verdadero? Ninguno, excepto que Antonio había dejado una esposa en Roma, y que Roma no podía prescindir de su gobernador ni de su general más importante.

En el fondo de su corazón, Antonio sabía que se le necesitaba en otros lugares. Pero una parte de él deseaba liberarse. Pero fue una carta llegada de Roma la que hizo que despertase de su sueño, como si recibiera una bofetada.

—Fulvia ha muerto —leyó en voz alta, mientras su mano temblorosa sujetaba la carta.

—¿Tu esposa? —inquirió Cleopatra, desovillándose como una gata.

—Ella intentó apoderarse de Roma. La gente dice que estaba confabulada conmigo. La ciudad es un caos. Debo volver enseguida. ¡Debo hacerlo!

Cleopatra le dejó marchar, casi sin decir nada. Después de todo, Antonio le había jurado que volvería lo antes posible, y cuando lo hiciera, sería viudo, un hombre soltero y libre para el matrimonio. Después de la marcha de Antonio, Cleopatra pasaba sus tristes días soñando y escribiendo cartas de amor, haciendo planes para el día en que Antonio y ella se reencontraran.

Antonio, como un león, regresó a Roma, aplastó la rebelión, acalló los rumores y volvió a ganarse a las multitudes que se aglomeraban a su alrededor para verle.

Antonio, sin embargo, a pesar de su gran poder, no era el único gobernador de Roma, sino que compartía la posición de emperador con Octavio, y nunca habían existido dos hombres de naturaleza más distinta. Octavio, un sobrio puritano, despreciaba a Antonio por su «pequeño romance egipcio», que había estropeado la amistad entre ambos. Pero por el bien del país, los «hermanos emperadores» debían hacer lo posible para lograr un buen gobierno conjunto.

—Si tan sólo hubiera algún medio para unirnos como a dos auténticos hermanos —musitaba Octavio, observando a Antonio con ojos fríos y brillantes.

Mientras tanto, en Egipto, Cleopatra pasaba sus días soñando ansiosa por recibir

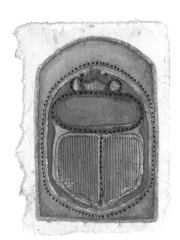

noticias de Antonio. Uno de estos días volvería para casarse con ella. Entonces, de repente, llegaron las noticias. Un mensajero de cara pálida, cubierto de polvo y sin aliento, le entregó una carta que llevaba el sello de Antonio. ¡Noticias de Antonio! ¿Pero noticias de qué? ¿De boda?

Antonio se había casado con Octavia, la hermana de Octavio.

Naturalmente se trataba de una alianza política, un espectáculo público para simbolizar la unidad entre Octavio y Antonio, y para consolidar de nuevo la situación política poco estable de Roma. Sin embargo, Cleopatra no pudo entenderlo así. Se desplomó en su gran trono egipcio y aulló como una loba; y siguió aullando y gruñiendo, irritada con cualquiera que se le acercase.

Finalmente decidió enviar a sus propios mensajeros para averiguar algo más sobre Octavia. Premiaba a todos aquellos que volvían con información, y que juraban que Octavia era gorda, poco atractiva, vieja, fría y antipática. Pero aun así, Cleopatra sólo creía la mitad de lo que los mensajeros contaban, conscientes de sus deberes.

Sin embargo, su preocupación no estaba justificada. Aunque Octavia no era ni gorda ni carente de atractivo no pudo sustituir a la Cleopatra de los sueños de Antonio. La boda había sido muy formal, arreglada y sin amor, lo que no se podía comparar con los días y las noches pasados a orillas del Nilo. Así, después de unas cuantas semanas, Antonio empezó nuevamente a suspirar por su reina egipcia. Y no pudo resistir más el estar alejado de ella.

Mientras tanto, y en secreto, Octavio hizo lo imposible por encontrar una excusa para declararle la guerra a Antonio. De modo que llevarle la noticia a su hermana, pobre Octavia, de que Antonio había partido hacia Egipto a reeencontrarse con Cleopatra, le produjo el mayor de los placeres.

–¡Ahora ya tienen hijos, sabes! Y los corona como «reyes de toda la Tierra», y despilfarra los tesoros romanos entre ellos y con aquel cocodrilo del Nilo! –dijo, mostrando así su solidaridad con su hermana abandonada; las lágrimas de su hermana le llenaban de satisfacción. Ya

tenía un buen pretexto y la excusa para declararle la guerra a Antonio. Y esto, además, significaba estar a un solo paso de convertirse en gobernador de todo el mundo. Ya no habría más divisiones de poder: todo el poder estaría en manos de Octavio.

Y a Cleopatra, ¿qué podría preocuparle? Antonio había vuelto a su lado, y la amaba. Podría vencer a cualquier enemigo que se atreviese a atacarlo. Podría gobernar el mundo entero él solo, sentado en un trono egipcio. En medio del gran esplendor egipcio, donde el sol brillaba tanto para que un hombre pudiera ver con claridad, también Antonio empezó a creérselo; más aún, llegó a creer todo lo que Cleopatra opinaba sobre él, y se comportaba como si fuera invencible.

El ejército que reunió estaba formado por campesinos y trabajadores, y aun así, cuando Octavio le envió una flota para vencerle, Antonio decidió combatirlo en el mar.

—¡No lo haga, maestro! —le imploró su teniente—. Los barcos romanos son ligeros y rápidos, mientras que los nuestros son grandes y viejos, y nuestros hombres no son marinos y no entienden de navegación.

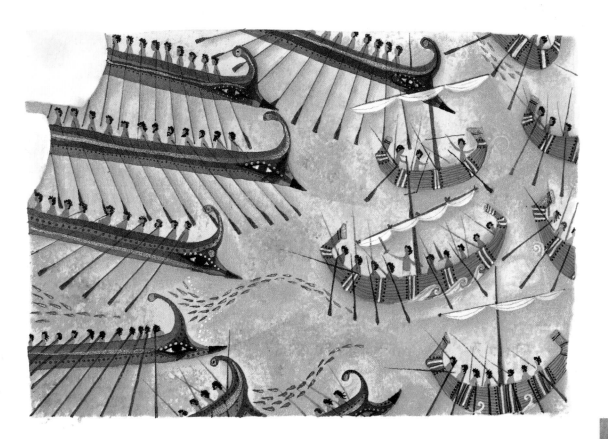

—Pero dispongo de sesenta galeras —exclamó Cleopatra airosa, como si éstas fueran suficientes como armada invencible. Los oficiales de Antonio se quedaron atónitos al ver que su comandante se dejaba influenciar tan equivocadamente por la mujer.

Y sus temores estaban bien fundados. En medio del combate, Cleopatra perdió los nervios y huyó surcando con sus sesenta galeras por entre las barcas de Antonio.

A esta gran confusión le siguió un caos aún mayor. Sin embargo, lo peor de todo es que Antonio la siguió, como una pequeña ancla de mar destrozada, ya que los lazos de su corazón estaban fuertemente unidos al timón de Cleopatra. Antonio sufrió una gran derrota.

Más tarde, la gran cólera de Antonio hacia Cleopatra sólo se vio superada por el enorme disgusto consigo mismo. Había perdido su reputación, su honor y su autoestima. Como un animal atrapado, luchó para liberarse de ese amor obsesivo; sin embargo, no pudo. Cleopatra sólo tenía que derramar unas cuantas lágrimas para conseguir su perdón, o besarle por su valor para que volviera a recobrar la seguridad en sí mismo.

—Octavio podrá vencerme en el mar. ¿Pero supone realmente que podrá vencerme en tierra firme?

A Antonio todo le parecía posible, porque Cleopatra creía en el.

Las batallas continuaron, una tras otra, con suma confusión y malentendidos. Como en un espejismo, un engaño de la cegadora luz del

sol de Egipto, Antonio creyó ver la rendición de las cohortes de Cleopatra ante sus enemigos.

¿Le había traicionado Cleopatra? Este pensamiento le trastornó tanto y le provocó tal rabia que Cleopatra tuvo que huir para salvar su vida.

—¡Corred y subid al monumento! —gritó Cleopatra a las mujeres que la esperaban.

—¡Se ha vuelto loco! ¡Nos matará a todas!

Y corrieron por la arena, ardiente por el sol del mediodía, para llegar hasta la pequeña puerta y subir la escalera, negra como la brea, que serpenteaba en el interior de una estatua gigantesca, la Esfinge. Ésta, siempre de guardia junto al gran palacio, alzaba su gran cabeza casi tan alto como el sol, mirando al mar.

Y entre sus zarpas, en uno de los aposentos más altos, Cleopatra lloraba por haber perdido el amor de Antonio.

—¿Cómo puedo hacerle entrar en razón? ¿Qué debo hacer para recuperar su amor? —se preguntaba una y otra vez.

Sumida en el pánico, recurrió a un último truco desesperado.

—¡Decidle que he muerto de tristeza y dolor! Entonces se arrepentirá.

Pero al pensar en el probable efecto que ese mensaje podría causar sobre Antonio, envió otro mensaje en el que le declaraba su amor eterno.

—Corre cuanto puedas —le dijo al mensajero—. Siento un frío extraño en el corazón, y tengo miedo. ¡Date prisa!

Demasiado tarde. El mensajero encontró a un Antonio muy cambiado. Encogido de hombros y con las rodillas a la altura del pecho, yacía pasivamente en medio de un gran charco de sangre, con la espada ensangrentada en la mano y una extraña sonrisa en la cara.

—He vencido a un millón de hombres en las batallas —dijo en voz muy baja—, ¿y no he logrado matarme a mí mismo?

Había fallado en su intento de suicidio, y se debatía entre la vida y la muerte.

Los hombres le llevaron hasta el monumento de la Esfinge. Pero la pequeña puerta estaba cerrada, y la llave, que había sido tirada a lo lejos en la oscuridad, se había perdido. De modo que lo izaron con pañuelos de seda y cuerdas, para que pudiera morir en los brazos de Cleopatra.

Ella sintió cómo su alma se le escapaba de entre los dedos, tan suavemente como la arena del desierto y, después, nada quedó para ella en este mundo.

—¿Antonio muerto?

Estas palabras conmocionaron a Octavio, y sus ojos se llenaron de lágrimas. Aunque había deseado su derrota, también él, como Cleopatra, había creído en la inmortalidad de Antonio, un ser indestructible, demasiado grande para que la muerte se lo pudiera tragar sin asfixiarse. Juntos habían tenido el mundo en sus manos. Y si uno de ellos había caído, igual le pasaría al otro. Y Antonio llamó a Octavio desde el más allá, donde incluso los hombres más poderosos del mundo no significan nada.

Nada. Ya nada valioso ni extraordinario quedaba en el mundo de Cleopatra. Así que apenas escuchó a Octavio cuando la llamó desde el pie de la Esfinge.

—¡Ríndete! ¡No tienes nada que temer! —le gritó.

El sentido común, sin embargo, advirtió a Cleopatra que si Octavio lograba capturarla, la exhibiría por las calles de Roma como la reina egipcia conquistada, y mataría a todos sus hijos. De modo que decidió morir tal como había muerto Antonio, y así estarían unidos para siempre.

Cleopatra se vistió con todo el esplendor de una reina, y se sentó entre las zarpas gigantescas de la Esfinge, impasible, meciendo sobre su pecho a una serpiente venenosa.

La muerte le llegó suavemente, sin dolor, y muchas de sus doncellas la siguieron en su camino. Juntas se dirigieron a la vida en el más allá; casi percibieron los susurros de los amantes cuando se reencontraron.

Hero y Leandro

*H*ero *había sido* creada para el Amor. Es decir, se había creado para la diosa del Amor, para Venus, y era aprendiz en su sacerdocio, de modo que pasaba los días cuidando los altares y las lámparas sagradas en un tempo a orillas del Helesponto.

Desde primera hora de la mañana hasta la noche no cesaban de llegar amantes que se miraban a los ojos, jóvenes muchachos tímidos y solitarios, viudas alegres, padres desesperados de hijas desgarbadas y poco atractivas, que esperaban poder contar con la ayuda de la diosa del Amor y de la felicidad eterna. Hero los veía a llegar y marchar a todos, muchos de ellos con sus deseos cumplidos, y también a muchas novias depositar su ramo a los pies de la estatua de Venus en señal de agradecimiento. Pero para Hero no habría un final tan feliz. Ella era una sacerdotisa en el templo de Venus, y las sacerdotisas no se casan, no bailan, ni charlan ni buscan la compañía de hombres jóvenes. Toda la vida se dedica a los dioses. Hero pasaba sus días en el templo, y de noche dormía en una torre situada detrás, cerca del mar, tan solitaria como un farero. Pero no era infeliz. Y de noche escuchaba el vaivén de las olas del mar, como alguien que siempre está junto a ella en la oscuridad.

Pero del mismo modo que la luz del faro se extiende a través del mar, también la fama de la belleza de Hero se extendía por todo el mundo. Poco a poco, además de los amantes, los padres y los muchachos solitarios también llegaron algunos viajeros, turistas que querían admirar la belleza de Hero, la sacerdotisa.

Leandro fue uno de ellos. Durante el festival anual de Venus, emprendió el viaje en un velero desde su pueblo natal de Abidos y cruzó el Helesponto para llegar a

Sestos y rendir homenaje al templo de la diosa del Amor. Pero aunque llevaba un gran ramo de azucenas blancas para depositarlo a los pies de la estatua y pese a haber orado como un creyente devoto, sus ojos únicamente se fijaron en la sacerdotisa, que se movía entre la gente como un cisne entre las hierbas del lago. La miró, y de repente todas sus plegarias fueron sólo para conseguirla. Hero advirtió su mirada, y se ruborizó; sin embargo, no apartó la vista.

Venus, en lo alto de su pedestal, había observado lo sucedido entre Hero y Leandro, y aunque a veces era una diosa celosa, reconoció la chispa del amor verdadero, y lo bendijo. Todos los participantes del festival aseguraron que habían sentido el suave suspiro, lleno de compasión, de la estatua blanca.

Leandro ofreció sus azucenas a la sacerdotisa.

—Tengo que verte, ¡a solas! —susurró por detrás de las flores blancas.

—No puede ser —respondió Hero en voz baja—. Tengo prohibido hablar a solas con hombres jóvenes.

Pero Leandro no se inmutó.

—Vendré esta noche a verte. A tu torre.

–¡No! ¡Te pueden ver!

–No si voy nadando –dijo. Y se rió.

–¿Nadar a través del Helesponto? ¡Eso es imposible!

–Por ti puedo hacer cualquier cosa.

Hero admiró sus fuertes hombros y su amplio tórax. Aunque podría lograrlo, en la oscuridad y tan lejos de la costa, era fácil perderse.

–Encederé una antorcha para que te sirva de guía –respondió.

Entonces llegó una procesión de gente que cantando y bailando se interpuso entre ambos, y la música y la celebración del festival los separó.

Aquella noche, Hero se quedó en el tejado de su torre mirando al mar hasta el Helesponto. Sólo es una franja de agua salada, bastante estrecha en comparación con los dos mares que une. Y, sin embargo, lo suficientemente importante para separar dos continentes, dos razas, dos imperios e incluso todo, pero no a los amantes más enamorados. Aquella noche, el mar estaba tranquilo y luminoso, y reflejaba los colores del sol al atardecer. Hero casi sentía que ella misma podría nadar. Pero, lamentablemente, la otra orilla se vislumbraba tan borrosa. ¿Realmente sería capaz Leandro de nadar tanto? ¿O simplemente había querido presumir?

El color purpúreo del mar se oscureció para adquirir un denso color negro. Hero encendió una antorcha, que llameó por un instante, hasta que ardió con resplandor.

A cinco kilómetros de distancia, en la playa, frente a la ciudad de Abidos, Leandro ya se había introducido en las cálidas aguas del verano, con los zapatos en la mano, esperando la señal. ¿Encendería Hero la antorcha para guiarle o habría cambiado de opinión dado lo impropio de su propuesta? Pero enseguida vio el destello de luz en el horizonte y, tirando los zapatos en la playa, se sumergió en el agua. El mar no le daba miedo, y esa

noche sentía tanto calor en su interior que casi no se daba cuenta de que las aguas más profundas eran más frías que las de la orilla, que las corrientes intentaban arrastrarle y que la sal le endurecía los cabellos. Leandro nadó y nadó, hasta que la tierra que había dejado atrás estaba tan lejos como la que tenía delante, y ya no podía regresar.

Los músculos empezaron a dolerle, el agua de mar le llenaba la nariz y la boca. Empezaba a nadar con dificultad y la corriente le apartaba de su ruta. Sin embargo, Leandro mantenía la vista fija en la luz titilante y en ella distinguía la cara de Hero, que le observaba, que creía en él y deseaba su llegada.

Finalmente tuvo que luchar para mantenerse a flote. Quizá, después de todo, había sobreestimado su fuerza, su resistencia y su valentía.

De repente sus pies golpearon contra unas rocas, y comprobó que podía arrastrarse hacia la playa. E incluso antes de llegar a la orilla, oyó cómo Hero se tiraba al agua, y sintió sus brazos alrededor de su cuerpo. Se besaron debajo de la séptima ola, y se besaron en la orilla. Y volvieron a besarse en la escalera de la torre solitaria y en el tejado.

En esta primera noche casi no hubo más que besos, sin palabras, sin promesas ni halagos. No obstante, al amanecer se conocían mejor que muchos amigos.

Leandro apenas advirtió el esfuerzo que le supuso regresar a nado a su casa. Tampoco sintió cansancio, ni el dolor de sus músculos extenuados. Y al anochecer ya estaba nuevamente preparado para introducirse en el Helesponto y cruzarlo a nado para ver a Hero.

Durante todo el verano, Leandro cruzó los Dardanelos como un transbordador a tres velas. Iba y venía nadando, atravesaba el estrecho con la luz de la antorcha en manos de Hero en la torre, como brújula que lo orientaba. Incluso cuando llegaron las estruendosas lluvias otoñales, y los aguaceros aplanaban las olas del mar, Leandro seguía haciendo la ruta para acudir a su cita nocturna. Los días hubieran sido insoportables sin la perspectiva de reconfortarse mutuamente entre sus abrazos durante la noche.

En Asia Menor, el invierno llega tan deprisa como un toro a la arena para la corrida: retira la suave superficie estival azul verdosa como una alfombra gastada, y embala la espuma de las olas. Ahora, en lugar de las bellas puestas de sol rojizas que alumbraban la travesía nocturna de Leandro, los amantes se despertaban con rojos amaneceres.

—No vengas esta noche —dijo Hero, mientras trenzaba su cabellera de espaldas a Leandro.

—¿Por qué no? ¿Ya te has cansado de mí?

Soltó las manos y las trenzas se deshicieron.

—¡Naturalmente que no! Me sentiré tan vacía como una jarra rota. Pero esta noche

no debes cruzar el agua. Habrá una fuerte tempestad y será demasiado peligroso.

—Quisiera ver la tempestad que logre detenerme —fanfarroneó Leandro, aunque reconoció para sus adentros que el agua cada vez estaba más fría y más agitada.

—No encenderé la antorcha esta noche —dijo Hero—. Así que no podrás arriesgar tu vida. Cómo crees que me sentiría yo si…

—Vendré de todos modos —replicó Leandro, para apartar sus pensamientos antes de que pudiera pronunciarlos en voz alta. Ambos sabían muy bien el riesgo que Leandro corría todas las noches, aunque ninguno de ellos lo mencionara para no dejar que nublara su gran dicha y felicidad.

—¡Prométeme que no vendrás, y no me hagas sufrir! Podemos esperar un día, ¿verdad que sí? La tempestad será fuerte.

Y se abrazó tan fuerte a él que al final le prometió que no correría el riesgo.

Sin embargo, al despedirse, a Hero le pareció ver un travieso centelleo en sus ojos, y desconfió de la decisión de Leandro.

Durante todo el día siguiente se sintió atormentada. Seguramente no lo intentaría.

El mar golpeó las piedras junto a la torre hasta que no quedó nada de la playa, excepto algunas rocas grandes y lisas cubiertas de espuma. El cielo adquirió un color gris oscuro, casi morado, y las gaviotas parecían vacilar, como si les fallara el corazón.

Hero, triste por no poder ver a su amante esa noche, tenía a la vez cierto presentimiento. Ahora que el invierno había llegado: ¿cuántas noches más tendrían que pasar separados? Y tal vez, si no podía verla, Leandro la olvidaría —o se sentiría atraído por otra muchacha. O quizá el mar que los separaba sería lo suficientemente grande para apagar su amor.

¿Y su promesa? ¿La cumpliría? ¿O mantendría la que le había hecho miles de veces de no pasar nunca ni una sola noche sin tenerla entre sus brazos? Hero no sabía cuál de esos dos pensamientos la horrorizaba más, que intentara venir o que no lo hiciera. El viento, cada vez más fuerte, golpeaba los portones del templo, y las ramas del limonero arañaban los muros. Empezó a caer una fuerte lluvia de color gris oscuro.

—No vendrá. Es imposible que venga —se dijo Hero, observando cómo la lluvia resbalaba por el gancho oxidado donde normalmente ardía la antorcha—. Si enciendo la llama, la verá y sabrá que le necesito, y vendrá a verme, pase lo que pase.

Los truenos gruñeron como un toro enfurecido.

—Y si realmente intenta venir y no le enciendo la antorcha, no habrá nada que le guíe y se perderá.

A partir de aquel momento ya no pudo sentirse tranquila. La indecisión le dolía como un aguijón profundo clavado en sus entrañas. Tomó la antorcha, y la volvió a entrar. Después la instaló en el muro, pero no logró encenderla a causa de la fuerte lluvia y del viento huracanado.

Leandro, a menos de cinco kilómetros de distancia, revolcado por una ola gigante, volvió hacia la orilla, desesperado y vencido. Hero lo entendería. Después de todo, no le estaría esperando. Arrastrándose hacia la playa cerca de Abidos, congelado hasta la médula y disgustado por su propia debilidad, se volvió para enviarle un saludo silencioso a Hero, un beso húmedo y lleno de sal.

Y allí, como un fragmento de luz sujeto en la lejana orilla, distinguió la luz titilante de Hero. Después de todo, sí que esperaba su visita. Y si ella creía que podía lograrlo, eso sería exactamente lo que iba a hacer. ¡No habría nada que pudiera detenerlo!

Se adentró en el mar como un cormorán, y las olas lo proyectaron casi hasta las nubes. Las aguas se movían de norte a sur, y de este a oeste, y si no hubiera sido por la luz en la lejanía, seguramente habría perdido la orientación.

Hero, en lo alto de su torre, maldijo la tempestad. El viento la empujaba de derecha a izquierda, mientras que la lluvia la empapaba, y los cabellos se le pegaban al vestido y el vestido a la piel. Temblaba sin control. Pero Hero, como un águila que protege los huevos en su nido contra la tempestad, extendió su capa empapada para proteger la antorcha contra el viento. ¿Y si se apagaba? No podía permitirlo. Tenía que arder con todo el brillo y con toda la constancia de su amor por Leandro.

Leandro tenía las manos congeladas, y ya no sentía nada, las costillas le dolían a causa los golpes ininterrumpidos de las olas, y tenía el estómago lleno de agua salada. Las fuerzas empezaron a abandonarle. Pero no debía de estar ya muy lejos, y se esforzó por vislumbrar aquella luz pálida y titilante que le servía de guía.

Nada. Sólo pudo ver la negra oscuridad, y algunas estrellas maliciosas que por un momento se asomaron entre dos nubes, pero de tierra firme o de luces, nada. Una nueva ola le arrastró por una depresión de agua fría y negra, aunque no tan profunda

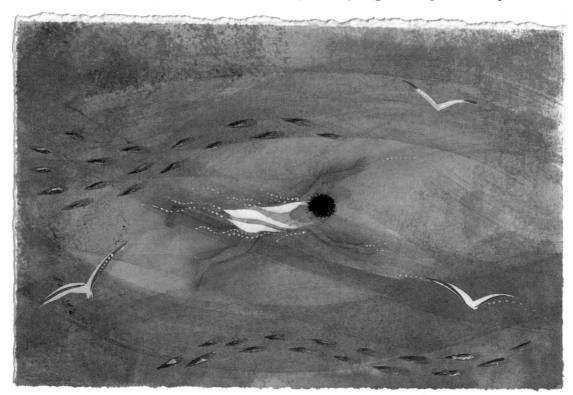

como su desesperación: solo, perdido y ahogándose en las profundidades de ese mar despiadado.

Hero, arrastrándose y casi doblándose, logró hacerse con una vela encendida y subió los escalones para llegar al tejado, donde estaba la antorcha empapada y humeante. A pesar de tener las manos congeladas, logró volver a encender la almenara alquitranada, y esta vez, por suerte, pudo mantener la llama viva, aunque al amanecer estaba medio muerta a causa del intenso y frío viento.

Leandro no llegó.

—Sabía que no vendría —se dijo a sí misma—. Esperaba que no lo hiciera.

Mientras tanto, la tempestad ya había amainado, y el nuevo día prometía ser soleado y veraniego, con un cielo claro y azul salpicado por pequeñas nubes blancas, aunque el mar aún siguiera agitado.

—Vendrá esta noche —pensó Hero—. Esta noche estará más seguro.

Y así se sentó en la cima de su torre y pensó en él hasta que llegó la hora de descender al templo para abrir los portones.

Más abajo se extendían la playa y el mar, que rodeaban la base de la torre formando largas franjas oscuras decoradas de espuma blanca. Por un lado una familia de gaviotas en medio del oleaje, y más allá una foca o una nutria de mar que se

revolcaba entre la espuma.

¿O qué sería? ¿Tan pálidas son las caras de las focas o de las nutrias? ¿Y sus extremidades tan largas? ¿Descansan con la cabeza sobre la ola como en una almohada?

El cuerpo sin vida de Leandro flotaba tan pacíficamente en el agua, que nadie hubiera podido imaginar su extenuante lucha contra las aguas. La luz

de la mañana brillaba tan pura y clara que Hero pudo reconocer todos los detalles de su rostro y cada uno de sus mechones de cabello que flotaban en el agua. Se inclinó por el parapeto y extendió las manos, como si desde lo alto quisiera acariciarle y retirarle los cabellos de la cara.

No se inclinó demasiado, tampoco tropezó. Deliberadamente caminó hacia fuera, hacia el aire. Y allí abajo, muy abajo, le aguardaba el mar para recogerla y acogerla, tal como lo había hecho con Leandro. Al igual que las aves paradisíacas, que construyen sus nidos entre las olas del mar, también ella y Leandro habitarían ahora en el mundo del agua y de los peces, de las burbujas y de la paz eterna que reina en las grandes profundidades.

Imperdonable

¡*Aquí, Galerto! ¡Ven aquí!* ¡Ven, Galerto, ven conmigo!
El príncipe Levelino llamaba y silbaba, pero su gran perro lobo no aparecía.
Otra docena de perros se arremolinaba entre las patas de su caballo, aullando y
ladrando, y su aliento formaba nubecillas blancas en medio del aire helado. Pero el
príncipe no quería marcharse sin Galerto, su perro favorito. Galerto era más rápido
que cualquier otro perro de los que había tenido. Tenía un olfato tan desarrollado que
era capaz de seguirle la huella a un jabalí o a un ciervo por los riachuelos de montaña
o a través de los campos donde se alimentaban los cerdos. Podía correr dando saltos
incansablemente por las nieves acumuladas de gran altura y siempre estaba pendiente
de las órdenes de su amo. Pero por encima de todo, era el mejor amigo de Levelino,
quien siempre se mostraba reacio a salir de caza sin tener a su mejor amigo al lado.

Levelino llamaba y llamaba, pero Galerto no apareció. Así que el príncipe se vio
obligado a salir del patio del castillo con el resto de sus perros. Hacía un tiempo
glacial. Y en estas regiones tan remotas, cazar un jabalí o un ciervo significaba tener
comida en abundancia en una época de hambruna, y las horas de luz natural eran
pocas y no había tiempo que perder.

El paisaje aparecía desolado, los árboles eran sólo los esqueletos de su abundante volumen veraniego, y las montañas, cubiertas de nieve, lucían pálidas. Los lobos se volvían más atrevidos y feroces, y se acercaban cada vez más a los poblados en busca de algún hueso entre los desechos. Pero a pesar de ello, el invierno no logró contagiar su melancolía a Levelino, que se consideraba un hombre feliz. Su hijo recién nacido, y su heredero, era un muchacho fuerte y sano, y la luz de sus ojos. Y mientras montaba a caballo, imaginaba cómo sería salir de caza con su hijo, el pequeño Dáfido, a su lado.

En el camino de vuelta a casa, Levelino se sentía agotado y muerto de frío, y se alegró cuando por fin pudo distinguir su castillo, pensando en el calor del fuego en el hogar y en la cena caliente. Pero lo mejor de todo fue volver a ver a Galerto, su querido perro lobo pinto irlandés, alto y flaco, que acudió corriendo a su encuentro, cruzando el puente elevadizo. ¡Querido y espléndido perro Galerto!

Sin embargo, observó algo raro en sus zancadas, algo irregular y torpe, y también en su hocico, siempre tan reluciente y gris. Los bigotes que rodeaban su boca

estaban lacios, y el hocico le brillaba con un extraño color rojo húmedo. ¡Sangre! También la pata que alzó hacia los estribos de Levelino estaba cubierta de sangre.

En alguna parte de su pecho, Levelino sintió un golpe duro y agudo que le sacudió todo el cuerpo. Intentó calmarse y librarse de ese pensamiento, pero la verdad estaba ante él, clara e innegable. Saltó del caballo y atravesó el patio corriendo, resbalando por la fina capa de hielo que cubría las piedras y arañándose las manos en los muros, hasta llegar a sus dormitorios. No tuvo que abrir la puerta; estaba entornada. La golpeó para abrirla del todo, y la imagen del aposento se le grabó en la mente en menos de un segundo.

Los cortinajes habían sido arrancados y también la tapicería de las paredes. Las cenizas del hogar y la leña de la canasta estaban esparcidas por todas partes. La cuna del pequeño Dáfido, vacía, y volcada. ¡Y la sangre! ¡Dios mío! Había sangre en la alfombra y en el banco de madera. También en el hogar y en las mantas de la cuna. Y el pelaje y el hocico de Galerto, cuando fue al encuentro de su amo para lamerle la cara con afecto, también estaban manchados de sangre.

Levelino, en su desolación, emitió un grito casi inhumano.

—¡Demonio! ¡Malvado bruto! —gritó, empujando a su perro como si fuera el diablo en persona. ¿Crees que mi amor ha de ser sólo para ti, perro diabólico? ¡Aquí tienes todo mi odio, te lo has ganado, bestia vil y asesina!

Desenvainó la espada y no dejó de golpear, acuchillar y despedazar a su perro hasta que a sus pies no quedó más que un montón de pelaje sangriento. No dejaba de gritar, con un profundo odio hacia Galerto, ese perro bruto, loco y rabioso, que por celos o cualquier otro instinto animal había matado y devorado a su pequeño hijo.

Después de caer llorando y exhausto, escuchó un débil y tímido lloriqueo. Primero pensó que era su imaginación. Pero no. Se giró hacia la cuna. Y nada. Después le dio la vuelta a la cesta de la leña y el sonido antes suave y apagado le llegó directamente a la cara: el llanto de un bebé.

Allí estaba el pequeño Dáfido, moviendo sus pequeños puños, como en un arranque de furia por la estupidez de Levelino.

Y oyó otro ruido más, el último suspiro de estremecimiento de algo o de alguien oculto bajo una de las cortinas desprendidas. Algo tan volumioso que Levelino no podía entender cómo no lo había visto antes: un lobo enorme, herido y destrozado por cientos de mordiscos, pero que ahora, que acababa de morir, yacía pacíficamente como un perro sumido en un profundo sueño.

Durante más de una hora, Galerto había luchado contra ese intruso salvaje que iba en busca de alimento fácil. Golpeándose contra los muebles, luchando sin descanso ni para respirar ni lamer sus heridas, ambos se habían enfrentado en una lucha a muerte, por el tesoro de vida en la cuna. El lobo, hambriento, lo necesitaba para alimentarse; pero Galerto sentía amor, un amor inmenso, devoto e inagotable por su amo y por el pequeño hijo indefenso de su amo. Fue su gran deber en esta vida defender a los seres queridos de Levelino, y los había defendido con su vida.

La puerta que conducía a la escalera de caracol se abrió, y entró la mujer de Levelino. Al ver a su esposo con su pequeño hijo entre los brazos, y el cuerpo de Galerto desangrado al lado de la espada, le preguntó asustada:

–¿Qué has hecho? ¿Qué ha pasado?

Levelino se volvió hacia ella, con un reflejo de culpabilidad en el rostro.

—Lo imperdonable —respondió—. He hecho algo imperdonable. He matado a mi amigo porque no confiaba en él. Le acabo de matar por salvar la vida de mi hijo.

Le entregó el bebé a su esposa, para poder sujetar al perro en su lugar, tan grande y tan pesado que casi no podía levantarlo. Pero lo llevó hasta la puerta; la nieve blanca y fresca se introducía en el interior.

—¿A dónde vas? —inquirió la mujer.

—Voy a enterrarlo tal como se merece un buen amigo —dijo el príncipe.

Y empezó a amontonar rocas y piedras para construir un gran monumento en medio del paisaje árido, como un túmulo prehistórico, una tumba digna de un rey o de un gran guerrero. Día tras día, soportando el frío más intenso, Levelino iba y venía, cargando más y más rocas para erigir el monumento. Los vecinos se maravillaron al verlo, también se sorprendieron al saber lo que el perro había hecho, y lloraron cuando supieron cómo se le había pagado su gran devoción.

Y si Levelino en algún momento lo olvidaba, ahí estaba el monumento para recordárselo. De noche, asomado a la ventana de su aposento, éste parecía un gran perro gigante, acurrucado y durmiente a la luz de la luna. Y como un homenaje, para compensar a su fiel perro por el servicio que le había rendido, el príncipe convirtió a Galerto en el perro más famoso de Gales. Y mientras le quedó aliento para silbar y recorrer aquellos áridos y solitarios lugares, Levelino siguió llamando y silbando al espíritu de Galerto, y a su alma libre y solitaria.

Tristán e Isolda

Doce doncellas y doce hombres de Cornualles: éste fue el precio de la paz. Al otro lado del océano, en Irlanda, el rey Angus de Munster exigía tributos a todos los reinos más pequeños e insignificantes de su alrededor. Y si alguien no cumplía con el pago, allí estaba Morholt, el hermano del rey, para persuadirle. Este hombre era una bestia, mucha armadura y poca carne, mucha amenaza y poca conversación. Así amenazaba a los reyes de Gales y de Cornualles y también de Man para cobrarles los tributos año tras año: doce doncellas y doce hombres jóvenes. El rey Marcos de Cornualles lloraba desoladamente cuando pensaba en los jóvenes condenados para siempre a cortar turba en los tremedales de Irlanda.

Un día, sir Tristán de Leonís se presentó ante él para decirle:

—He decidido marchar para luchar contra Morholt.

—Dios mío, Tristán, sabes que eres como un hijo para mí —objetó el rey Marcos—. ¿Qué pasará si pierdes la lucha? Morholt destruirá nuestro pequeño país de Leonís.

—Entonces iré a luchar contra él bajo una bandera neutral y mantendré mi visera baja; así nadie sabrá quién le desafía —respondió sir Tristán. Marcos sabía muy bien que, una vez tomada la decisión, el príncipe de Leonís no se volvería atrás. Así que le

entregó un barco para navegar a Irlanda y enfrentarse a Morholt.

La piel de Morholt era tan dura y resistente como la de un rinoceronte, y su fuerza tan infinita como el mar. De su cinturón colgaban los trofeos de los hombres a los que había vencido: un guante, un yelmo, el puño de una espada, una bota. Luchar contra él era como dar hachazos a un árbol. Pero Tristán consiguió partir el yelmo de Morholt y una astilla de hierro se le clavó en la cabeza. Morholt se tambaleó y cayó como una avalancha de metal y cuero, de cinchas y telas metálicas.

Incluso moribundo, Morholt sólo pensó en matar. Y haciendo un último esfuerzo, logró apoyarse sobre un codo y herir a Tristán con la punta de su lanza detrás de la rodilla.

—Has gastado tu último aliento en vano —le dijo Tristán, ya que sólo había sido un rasguño.

—No lo creas, cachorro anónimo —se burló Morholt—. ¿Acaso crees que he ganado todos estos trofeos luchando limpiamente? La punta de la lanza está envenenada. Yo moriré primero, pero tú me seguirás enseguida.

Tristán acababa de matar al hermano del rey, de modo que aquel lugar no era seguro para detenerse a curar sus heridas. Subió a bordo del barco para regresar a su tierra. Al llegar a Cornualles ya tenía fiebre, y después de relatar cómo había vencido a Morholt, sus fuerzas se consumieron y se desvaneció. El rey Marcos mandó sus mensajeros a los rincones más alejados de su reino en busca de un remedio para curar a su caballero favorito; sin embargo, parecía que Morholt, después de todo, había conseguido vengarse.

—Enviad un mensajero a Angus —suspiró Tristán—. El rey tiene una hija

 llamada Isolda, famosa en Irlanda por conocer todas las hierbas y sus remedios. Decidle que venga.

—Mandaré por ella –dijo el rey Marcos–. ¿Pero, vendrá para curar al asesino de su tío?

—Ella no sabrá que fui yo –le tranquilizó Tristán–. Luché bajo una bandera neutral, y siempre mantuve la visera bajada.

En aquellos tiempos, Irlanda era un país muy distante, situado al otro lado del mar, y el rey Angus se sintió muy orgulloso de que la fama de su hija se hubiera extendido hasta tierras tan lejanas. La princesa acudió a la llamada, con una gran cesta de hierbas y linimentos, cuando los médicos y sacerdotes ya habían perdido la esperanza de salvar a Tristán. Isolda le miró con ojos penetrantes y dijo:

—Si logra sobrevivir hasta mañana por la mañana, vivirá durante mucho tiempo.

El rey Marcos había marchado de viaje. Sus ministros le aconsejaban buscar una nueva esposa, una mujer joven, que pudiera dar un heredero al rey viudo. De modo

que no llegó a ver a la joven princesa que curaba a su caballero favorito. Tristán sufría fiebre, delirio y alucinaciones. Veía un rostro que a veces le parecía una arpía, otras un hada, un cuervo, un unicornio. Cuando una mañana se despertó, estaba apoyado sobre una almohada fresca. La princesa Isolda, preparada para el viaje de vuelta, llevaba un manto tejido de hierbas y un sombrero de paja. Entre las manos sujetaba algo que brillaba bajo los rayos del sol. Sus grandes ojos verdes también resplandecían.

—Extraje esto de la herida de mi tío —dijo, enseñándole el fragmento de metal—. Algún día encontraré la espada de la que procede y vengaré la muerte de Morholt.

Tristán recorrió presuroso la habitación con la vista.

—Si buscas tu espada, acabo de tirarla por la ventana y ha caído al foso —dijo Isolda—, porque he reparado en que le falta este trozo de metal.

—Podrías haberme matado mientras dormía.

—Sí. Pero me parecía inútil salvarle la vida a un hombre para después cortarle el cuello. No temas, no se lo contaré a mi padre, pues no me agradecería haber salvado al asesino de su hermano. Aun así, si alguna vez volviera a verte, sería tu desgracia.

Y se fue, agitando su larga cabellera de color rojo dorado bajo el sombrero.

El rey Marcos regresó de su largo viaje; había recorrido todo el norte hasta Escocia y llegado hasta el extremo del sur, a las islas Scilly. Pero se sentía apesadumbrado y triste, pues no había encontrado ninguna novia que le gustara. Al llegar a su castillo, vio a un ganso que salía del foso con algo brillante en el pico: ¿un sedal de pesca? ¿Una cuerda de arco? No, era un cabello, un solo cabello, de color rojo dorado, y el más largo que había visto nunca.

—Es un buen augurio —dijo—. Me casaré con la mujer que haya perdido este cabello, y con ninguna otra.

—Pero ¡Majestad! —protestó el canciller—. Los gansos son aves migratorias. Pueden haber venido de Noruega, de Finlandia, de Islandia o de Irlanda.

—Entonces ¡ya puedes iniciar la búsqueda! —respondió Marcos—. Y guantes de color escarlata y una brida para el hombre que la encuentre.

Todos los caballeros de Cornualles y de Leonís besaron la mano de su rey

y se pusieron en marcha. También Tristán, curado de sus heridas, besó la mano al rey y juró:

—Te traeré a tu novia. ¡Y que el cielo me castigue si no consigo cumplir mi promesa!

Naturalmente, Tristán sabía exactamente cómo había llegado el cabello al pico del ganso y también dónde buscar a su dueña. Pero no le comentó nada a nadie. Contar con el acuerdo de la mujer ya sería suficientemente difícil.

Cuando llegó a Irlanda, encontró los alrededores de Munster sumidos en un caos, los barcos quemados y las casas convertidas en cenizas. Un dragón se había apoderado del territorio, y dado que Morholt había muerto, no había ningún hombre con valor suficiente para luchar contra la bestia.

—La mano de mi hija para el caballero que mate al dragón —declaró Angus.

Esta vez, Tristán había viajado con sus propios colores, con la bandera de Leonís en el estribo. Y aunque la bestia tenía la piel de un elefante y las patas de un puercoespín, exhalaba fuego y bolas de escoria, y apestaba de forma insoportable, después de todo tan sólo era un dragón. No era una lucha demasiado dura para el mejor caballero de Leonís.

No obstante, cuando Tristán, bañado en la viscosa saliva del dragón muerto, se encontró frente al trono del rey Angus, mirar a Isolda le resultó mucho más aterrador. Claro está que, por honor, ella no podía rehusar casarse con Tristán, pues la había ganado con todas las de la ley. Sin embargo, usó su capa para cubrir sus ojos verdes y no tener que mirarle.

–Podrá haber ganado mi mano, pero no mi corazón –pensó Isolda.

–Tómala, es tuya –dijo el rey Angus encantado–. También ella es una muchacha afortunada, pues eres uno de los mejores caballeros que las estrellas y la luna hayan visto jamás.

–La tomo –respondió Tristán, y se inclinó– pero no para mí. Mi gran rey Marcos ha jurado tomarla como esposa, y he ganado esta lucha para él.

Isolda, con el rostro oculto bajo la capa, se sintió en parte aliviada, y en parte incómoda por haber sido prometida en matrimonio a un hombre al que no había visto jamás.

–¿Estás de acuerdo, hija? –preguntó Angus.

–Sí, padre –contestó Isolda obedientemente.

Fue una buena alianza política y un acuerdo satisfactorio. Sólo una duda acosaba al rey Angus mientras veía subir a su hija al barco que la conduciría a Cornualles.

–Toma esta poción –le dijo a una de las sirvientas que llevaba el cofre de los medicamentos de Isolda–. Asegúrate de que tu ama lo tome en su noche de bodas. El rey Marcos ya es viejo, y… no tan apuesto como antes. Esta bebida hará que Isolda sienta más cariño por él. Es una poción de amor.

Durante el viaje el mar estuvo muy agitado. El barco se movía como una cáscara de nuez y todos acabaron mareados. Isolda llamó a su sirvienta, pero

 ésta se sentía demasiado mareada como para poder acudir. Así que solicitó a uno de los marineros:

—Por favor, buen hombre, podría traerme el frasco azul que está en mi baúl de viaje. Es un remedio contra el mareo.

El marinero se quedó pensativo ante la amplia variedad de frascos, y eligió el más azul de todos. La princesa se lo bebió enseguida, creyendo que se trataba del remedio preparado por ella. A regañadientes, también le ofreció la bebida a Tristán.

—Toma. Con esto te sentirás mejor —dijo. Debía admitir que la había salvado de casarse con él. Algo de bueno tendría que haber en él.

Efectivamente la poción hizo que se sintiesen mejor. En poco tiempo los dos habían olvidado el mareo, el mar agitado y los golpes del barco entre olas.

—Tienes que amar mucho a tu rey, si luchas para conseguirle una novia —le dijo Isolda.

—Hice un juramento —respondió Tristán.

—Espero que el rey sepa compensar tanta lealtad.

—Y yo espero morirme antes de ver cómo te besa.

—Temo morirme si me besa alguien que no seas tú.

—¡Pero si yo maté a tu tío…!

—Él merecía la muerte. Nadie le apreciaba. No tenía corazón, y un hombre tiene que tenerlo.

—Yo tenía uno, pero lo he perdido —le respondió Tristán.

—Toma el mío —replicó Isolda.

Y aunque el pequeño barco movía el mástil de un lado al otro como un dedo en señal de advertencia, Tristán e Isolda no fueron conscientes de ello. Su amor mágico era mucho más profundo que el mar que hasta entonces los había separado.

No había remedio. De acuerdo con su juramento, Tristán tuvo que entregarle la novia al rey Marcos, y según el juramento de su padre, Isolda tuvo que casarse con el rey. Pero los lazos del matrimonio no fueron lo suficientemente fuertes para que los dos amantes se mantuvieran separados.

Un día, cuando la sirvienta abrió el baúl de viaje y advirtió lo que había pasado, no se atrevió a comentarlo, sólo observaba y reflexionaba sobre lo que podría hacer. Los amantes se reunían siempre que podían. Pero eran discretos. Sin embargo, la sirvienta confió su secreto a la costurera real, quien a su vez se lo contó a su marido. Éste pidió consejo a su madre, que lo comentó con otras personas. De este modo llegó a oídos del heraldo, que hizo correr el rumor por todas partes.

Mientras tanto, el rey Marcos pasaba las noches solo frente a su hogar, moviendo el atizador para avivar el fuego. Se sentía muy triste y desconcertado ante la frialdad de su esposa. Lo había intentado todo para hacerla feliz.

—Tal vez soy demasiado viejo para que pueda amarme —pensó, y se lo preguntó a su canciller.

—Tal vez ya haya entregado su amor a otro —respondió el canciller maliciosamente.

El rey Marcos sujetó el atizador con más fuerza.

—¿Quieres decir que me es infiel?

—¡Dios mío! ¡Yo sería incapaz de difamar a la reina! Todo lo que me atrevería a decir es que vigile al joven Tristán, en el bosque verde, muy cerca del estanque.

Pero el rey Marcos se negó a creerlo. Sin embargo, la pequeña semilla de la duda y de los celos ya se había introducido en su alma, y empezó a germinar y a crecer. Tenía que cerciorarse. Así que se dirigió al pequeño bosque a las afueras de las murallas del castillo, hasta que llegó a un gran árbol frondoso cuyas largas ramas llegaban a las aguas del estanque. Allí arriba se sentó, en silencio como un búho dormido, y de repente oyó el crujir de unas ramas y a dos personas que se acercaban.

Isolda fue la primera en llegar, y se acercó al agua. De repente vio una

cara reflejada en la superficie. Las pequeñas ondas lo arrugaban pero se trataba del inconfundible rostro del rey.

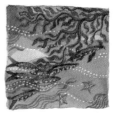

—¡Mi reina! —dijo la voz de Tristán a sus espaldas, emocionado y tierno.

—Sir Tristán —exclamó Isolda, poniéndose de pie, y en un tono de voz marcadamente oficial prosiguió—: Es usted tan amable por sacrificar su valioso tiempo para darme lecciones de latín. Me preocupa tanto que mi querido esposo pueda descubrir mi ignorancia. Pero lamentablemente las damas jóvenes en Irlanda no reciben una educación tan esmerada como la de aquí.

E inclinó su cabeza sobre el estanque. Tristán se arrodilló para lavarse las manos y descubrió también la cara del rey reflejada en la superficie.

—Señora, puede confiar en mí. Nunca revelaré nuestro secreto, se lo juro.

El rey Marcos, allá arriba en el árbol, se avergonzó de haber dudado de su esposa y del joven noble sir Tristán, y también por haber caído tan bajo para trepar tan alto. Durante meses no toleró que nadie dijera nada desagradable de ninguno de los dos.

El efecto de la poción perduraba. Y si no era la poción, entonces es que Tristán e Isolda habían aprendido a amarse más de lo que cualquier magia podía lograr.

Al poco tiempo, los encuentros en secreto dejaron de ser suficientes, y ambos se sentían enfermos a causa del engaño.

—Necesito tenerte para mí solo, o no verte más —dijo Tristán, e Isolda, sumisa, se inclinó ante él para ofrecerle su corona de reina con tanta naturalidad como si fuera un ramo de margaritas.

Huyeron a Cornualles, a los bosques de Leonís. Allí vivían bajo los árboles, dormían entre la hierba y contaban con millones de estrellas para ellos solos. Durante tres años su felicidad no conoció límites.

Una mañana, poco antes del amanecer, Tristán e Isolda volvieron a soñar con el océano y con un barco de grandes velas negras cuyo mástil se movía de forma amenazadora. Y cuando se despertaron, se vieron rodeados por un grupo de soldados de Cornualles; el rey Marcos pisaba el pecho de Tristán.

—Tristán de Leonís, abandona este país y no vuelvas jamás, bajo pena de muerte. Isolda de Munster, cuando una joya se afloja y se desprende de mi corona, la sujeto muy cerca de mí, oculta en una bolsa para que ningún ladrón pueda verla. Así es como te cuidaré a partir de ahora.

Al otro lado del mar, hacia el sur, en Bretaña, Tristán lloraba desconsolado.

—No me casaré con nadie más que con Isolda —decía, dejando que sus palabras cayeran como veneno en su jarra de cerveza, hasta que, como si de veneno se tratase, se tragó sus palabras.

¡Porque se casó! Se casó con una muchacha bretona que se llamaba Isolda: Isolda de las manos blancas, que amaba a Tristán con tanta pasión que estaba segura de que podría disipar su melancolía como una niebla matutina. Era tan bella que todos los príncipes franceses estaban enamorados de ella; pero ella sólo veía a Tristán, y con su gran fuerza de voluntad lo convenció y, al final, se lo ganó.

Isolda se ganó su nombre, venció sobre tierras lejanas que ya no veía nunca. Y se ganó el título de esposa. Pero aunque ella brillara como el sol en verano, no fue capaz de eliminar el recuerdo de Isolda de Munster del alma helada de Tristán. Y, finalmente, su gran frialdad acabó también con su felicidad. Fue un matrimonio oscuro y frío.

—Deberíamos haber matado a ese hombre antes de que pusiera los pies en Bretaña —declararon sus pretendientes desengañados, siempre rápidos en su crítica hacia el hombre de Leonís.

—¡Ojalá! —suspiró Isolda en un momento de desesperación.

Habían pasado muchos años desde que Morholt tirara la lanza envenenada a Tristán. Pero la lanza que le hirió en la espalda al día siguiente estaba bañada con otro veneno: el de la envidia. Tristán se arrastró hasta el castillo de su esposa, y cuando ella lo encontró tirado en el umbral, su gran amor frustrado volvió a renacer. E hizo todo lo posible para salvarle la vida, y le cuidó de día y de noche. Sin embargo, su alma se le escapaba, se le seguía escapando, estaba lejos de su alcance, tal como siempre había ocurrido.

Finalmente, se inclinó hasta su oído para susurrarle:

—¿Quieres que envíe a alguien a buscarla?

Por primera vez, su rostro se iluminó.

—Tan sólo el poder verla me hará vivir —admitió, y le sonrió con tanta ternura como nunca antes lo había hecho.

—Pero ella no vendrá. Marcos no la dejará marchar. O tal vez su amor se haya muerto… como yo me estoy muriendo sin ella. Por favor, di a los marineros del barco que icen una vela blanca si ella está a bordo, y si no viene, una negra.

Isolda, tras recibir el mensaje, se lo entregó a su marido, el rey, y simplemente afirmó:

—¡Debo ir!

El rey se dio cuenta de la verdad reflejada en su rostro, y asintió.

Con los vientos que soplaban en el canal, sus hermosos cabellos de color rojo dorado se tornaron de un tono gris. Las manos que sujetaban la cesta de hierbas hacían temblar los romeros.

—¡Izad las velas blancas! ¡Hay que izar las velas blancas! —ordenaba Isolda al capitán.

—¿Está llegando? —preguntaba Tristán repetidamente.

—Hay un barco en el horizonte.

—¿Con velas blancas o negras? —preguntó, intentando incorporarse.

—A esta distancia no puedo reconocerlo.

E Isolda advirtió cómo sus ojos se iluminaban con la esperanza de ver a Isolda de Munster. ¿Por qué no podía amarla tanto a ella?

—Ahora lo veo —dijo Isolda de las manos blancas—. Las velas son negras.

Isolda de Munster sujetaba sus largas faldas de color verde para correr más a prisa por el camino del puerto, rocoso y accidentado, y llegar al castillo cuanto antes.

—¿Está vivo? ¿He llegado a tiempo?

—Me temo que no, señora —respondió la esposa de Tristán—. Mi marido acaba de morir hace media hora.

Isolda cayó también muerta al suelo, con el corazón tan vacío de vida como la jaula de un pájaro abierta.

El rey Marcos, al conocer las muertes, dio órdenes de enterrarlos juntos en Leonís. Sobre sus tumbas crecieron unas parras, tan entrelazadas que era imposible determinar dónde terminaba una planta y dónde comenzaba la otra.

El reino de Leonís ya no existe, desapareció misteriosamente bajo una gigantesca ola de mar de un modo inexplicable, y sus campos y bosques se cubrieron con más de cinco brazas de agua salada. Sin embargo, cuentan los pescadores que, cuando hay tormenta y navegan cerca de la punta de Cornualles, se pueden oír las campanas de la iglesia de Leonís, que a veces tocan para una boda, y a veces para un entierro.

La historia del diseño del sauce

Grande era el poder de los mandarines de la antigua China, y grandes también sus riquezas. Uno de estos mandarines vivía en una suntuosa mansión de dos pisos, oculta entre muchas flores de melocotoneros.

Los jardines eran un paraíso de estanques y flores, de puentes y pabellones. Y no es que el mandarín hiciera todos los trabajos de jardinería él mismo. ¡Oh, no! Siempre que su secretario Chang no tenía ninguna carta que escribir ni sumas que calcular, debía ir a trabajar al jardín a podar o a cavar. Chang no se quejaba nunca. Adoraba el jardín, con su estanque y sus carpas doradas, con la variedad multicolor de flores, y pronto se convirtió en un jardinero tan excelente como lo era como secretario.

Pero para Chang, la flor más bella de todo el jardín era la hija del mandarín, Pétalo de Loto. Su padre nunca le permitía asomarse más allá de las murallas de sus jardines, pues su belleza era extraordinaria, y el mandarín quería guardarla como una brillante moneda en una caja, con la esperanza de poder comprar un yerno muy rico.

Al igual que a Chang, a Pétalo de Loto le gustaba ponerse en el pequeño puente ornamental para ver a los peces dorados nadar en el estanque. Pero muy en secreto, aún le gustaba más contemplar los negros ojos de Chang.

Un día, cuando ambos contemplaban sus reflejos en el agua, Pétalo de Loto dijo.

—¡Mira! ¿Has visto ese pequeño pez que acaba de atravesar mi corazón y después el tuyo? Casi lo he sentido en mi pecho. ¿Tú no has sentido nada?

Chang se agarró a la balaustrada del puente.

—¡Oh! Pero ¿cómo puede un humilde secretario atreverse a hablar a la hija de un mandarín sobre el amor que flota en torno a su corazón?

Entonces Pétalo de Loto supo que Chang también la amaba.

Cada día intentaban encontrarse en los rincones secretos de un laberinto de madera o en el puente. Y cuando resultaba imposible, pedían a las aves del jardín que llevaran sus cartas de amor, escritas en minúsculos rollos de papel, que éstas sostenían con el pico.

Un día, Pétalo de Loto escribió: «¡Sálvame, Chang! Mi padre ha encontrado un marido para mí, tan viejo como una tortuga y el doble de feo!».

Los tímidos temores de Chang se disiparon de golpe. Con un silbido llamó a las aves, y les dio una nota para ella: «Mañana nos encontraremos bajo el naranjo para jurarnos amor eterno. Nadie ni nada será capaz de separarnos».

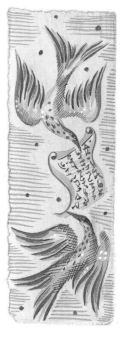

Tomados de la mano hicieron sus votos, que se elevaron hacia el cielo atravesando las floraciones dulcemente perfumadas. El viejo mandarín, que estaba sentado en la ventana del segundo piso, escuchó el juramento y las tiernas y dulces palabras le aguijonearon los oídos como picaduras de avispa. Se asomó a la ventana y gritó:

—¡Desaparece, Chang! ¡Abandona mi casa! ¡Cómo te atreves a hablar a mi hija de ese modo, zoquete indigno! Está prometida a Ta Jin, el mercader, y Ta Jin la recibirá la próxima semana.

De modo que el mismo día en que empezaban a nacer las primeras hojas del sauce, Chang tuvo que marchar. Y mientras los sirvientes colgaban más de cien farolillos en el jardín para la boda, las lágrimas de Pétalo de Loto caían en el pequeño estanque.

Todas las aves la vieron llorar, y volaron en busca de Chang para pedirle ayuda.

Chang redactó una minúscula nota que el pequeño azulejo llevó con el pico para entregársela a Pétalo de Loto: «¡Ven conmigo a mi casa, que se encuentra lejos de aquí, entre las colinas de Li!».

Aquella noche la muchacha bajó por las ramas del naranjo y se reunió con Chang.

—Los portones del jardín están cerrados y los muros son demasiado altos para poder trepar por ellos —dijo Pétalo de Loto—. Escondámonos en la choza del jardinero, que está en la isleta en el centro del lago. Mi padre nunca me buscará en un lugar tan sencillo. Más tarde, cuando nos busque por el jardín y los portones estén abiertos, podremos huir.

Tomados de la mano cruzaron el puente, y durante toda la noche se ocultaron y refugiaron en la choza del jardinero, donde abundaban las tijeretas y donde las babosas con su baba plateada escribían su poesía tan particular sobre los tablones podridos.

Durante todo el día siguiente pudieron oír las voces de los sirvientes que les buscaban y que sacudieron el sauce hasta hacer caer la última hoja, mientras el mismo mandarín deambulaba por el jardín jurando vengarse de Chang. Finalmente todo quedó en silencio. Ocultos en su isleta, Pétalo de Loto y Chang se besaron y empezaron a preparar su huida.

Sin embargo, cuando salieron de la choza, las aves se pusieron tan contentas que empezaron a cantar. E instantes después, allí, en medio del puente, estaba el viejo mandarín, con un gran látigo en la mano.

—¡No podrás escapar! —gritó—. ¡Te he atrapado, muchacho desleal. Prepárate para morir!

Efectivamente, no había otra forma de abandonar la isleta que por el puente. Pétalo de Loto lanzó un grito de terror.

El mandarín se acercaba cada vez más, agitando su látigo.

—¡Salta, Chang, salta! —gritó Pétalo de Loto—. ¡Saltemos al agua! ¡Si no podemos vivir juntos, al menos moriremos juntos!

Y así, subieron a la barandilla, y tomados de la mano y con el látigo golpeándoles los tobillos, saltaron para sumergirse en las profundidades del agua del lago…

Grande era el poder de los mandarines de la antigua China. Pero el poder de los dioses era infinitamente mayor. Los dioses, que les habían observado desde las cimas de las montañas, amaban a Pétalo de Loto y a Chang por su gran fidelidad. Y justo en el momento en

que el látigo atravesaba el aire y ambos estaban a punto de saltar desde la barandilla, los dioses los convirtieron… en tórtolos.

Volaron en círculos alrededor del jardín, los pabellones decorados, las verjas, los laberintos, las pérgolas y los naranjales, y revolotearon unos instantes entre las viejas ramas. Un gran séquito de cortesanos, digno del emperador de China, empezó a seguirles, azulejos, golondrinas, pinzones y tordos, y todos juntos se alejaron volando, lejos del alcance del viejo y cruel mandarín.

Cuentan que más tarde construyeron su nido muy lejos de allí, en las colinas de Li, y que cuando el cielo luce un fresco color azul por las mañanas, los dioses vuelven a contar su gran historia de amor con imágenes pintorescas sobre un fondo de esmalte blanco como las nubes.

Ciertamente y desde entonces, los ceramistas, aunque menos habilidosos que los dioses, para recordar a los amantes crean las piezas más bellas decoradas con el diseño del sauce, en colores blanco y azul.

Mi hermano Jonatás

Allí estaba David, casi un muchacho todavía, con la cabeza cortada en su mano, demasiado pesada para aguantarla. Vestía una túnica de pastor y llevaba sandalias; ni arma, ni espada, ni casco, sólo un tirachinas colgaba de su cinturón. El rey se quedó impresionado. ¿Realmente este pequeño muchacho había logrado vencer a Goliat, el gigante, el campeón del ejército de los filisteos?

El rey Saúl estaba muy impresionado, pero su hijo, el joven príncipe Jonatás estaba embelesado a causa de la admiración. Nunca había visto nada tan maravilloso como David, el hijo de Jesse, con la cabeza de Goliat en las manos.

Sencillamente, después de un triunfo así, no se le podía enviar de vuelta a casa para cuidar ovejas. De modo que muy rápidamente se acordó que permanecería al lado del rey, se sentaría en su misma mesa y lo acompañaría en sus reuniones con los generales. Nadie se sentía tan feliz como el mismo Jonatás, ya que el sentimiento de amistad que había nacido entre los dos jóvenes fue instantáneo, como un rayo de fuego que une dos hierros, y como dos ríos que confluyen, pues no cabía la posibilidad de una separación. Jonatás compartía sus mejores ropas con él, también su propia espada e incluso su mejor arco.

David tenía mucho talento para la música (además de para matar gigantes), de modo que parecía haber sido enviado por Dios a la corte del rey Saúl por partida doble. La guerra interminable con los filisteos estaba agotando al rey. Sólo la música lograba tranquilizarlo, y escuchar a David tocar el arpa lo apaciguaba aún más.

Con el paso del tiempo, David se convirtió en un gran general. Y el pueblo adoraba a su joven héroe siempre que volvía de sus luchas a la cabeza de su ejército vencedor.

–Saúl lograba matar a miles, pero David ha matado a decenas de miles –cantaban.

Estas palabras, sin embargo, fueron el comienzo de todo. Éstas eran las palabras cuyo eco se repetía una y otra vez en la cabeza del rey Saúl, y que empezaron a taladrarle el cerebro hasta casi reventarle el cráneo. Y muy equivocadamente, los ministros le enviaron a David para que le calmara con su música.

El rey Saúl le miró por entre los dedos; ya no sentía ningún alivio: sólo veía a un rival, a un conspirador y a una amenaza. El pueblo adoraba a este joven más que a su rey, e incluso su mismo hijo le quería más a David que…

Saúl tomó una lanza y la tiró. Se clavó en la pared, detrás de la cabeza de David, temblando igual que el rey temblaba de rabia.

David se asustó y salió corriendo. No se detuvo para preguntar por qué lo había hecho: simplemente corrió. Jonatás fue en su busca y le pidió disculpas por el comportamiento de su padre.

—¡Por favor, no te vayas! —le pidió Jonatás, pálido del disgusto—. Mi padre me escuchará. Puedo hacerle entrar en razón.

—Pero tú eres su hijo —dijo David—. Tú no puedes ir en contra de tu propio padre.

Jonatás le tomó por las muñecas, acercó el rostro al de su amigo y dijo:

—Mi primera lealtad es para ti. Jamás nadie ni nada será más importante para mí, te lo juro.

Al mediodía, Jonatás preguntó a su padre:

—¿Qué es lo que hizo David para disgustarte tanto, padre? Estoy seguro de que no quiso...

—David es muy ambicioso. Él ansía el poder y quiere mi corona. Eso es.

—No, padre. Conozco a David. Te admira y te adora como el rey elegido por Dios para gobernar Israel.

Después de estas palabras, Saúl se tranquilizó. David volvió a disfrutar de los favores del rey, y los sonidos de su arpa volvieron a apaciguar el ambiente real.

Sin embargo, Saúl sufrió una vez más otro ataque de ira, y también en esta ocasión la intervención de Jonatás evitó el desastre.

Pero esto no podía continuar así. En la siguiente ocasión, Saúl tiró su lanza y rozó con la punta la mejilla de David, y el odio que proyectó con ella le alcanzó el alma. No se atrevió ni a correr a casa, sino que se ocultó entre los campos de detrás del palacio para esperar a Jonatás, que siempre acudía en su busca.

—Esta vez quiso matarme –dijo David.

—¡No, no! Se le pasará –y los ojos de Jonatás se llenaron de lágrimas mientras acariciaba el rasguño en la mejilla de David–. Ocúltate aquí, y mañana por la mañana vendré para practicar el tiro al arco. Si hago tres tiros cortos, indicará que la situación está tranquila y segura: mi padre habrá entrado en razón. Pero si los tiros llegan muy lejos... No, pero esto no ocurrirá. ¡No puede ser!

Aun así, su voz fue más suplicante que segura, y su mano, apoyada en el brazo de David, temblaba.

Durante la comida, Jonatás habló con su padre a favor de David. Sus ojos se llenaron de ternura mientras hablaba de su amigo. Pero de repente Saúl se levantó de la silla:

—¡Tú! ¡Tú te preocupas más por ese traidor que por tu propia carne y sangre! ¡Esto no es natural! ¡Y no es seguro! ¡Él te ha vuelto en contra mía! ¡Tienes que alejarte de él! Es hora de acabar con esas malas influencias, ¡tu amigo tiene que morir!

Agachado, con frío y dolorido, triste y fatigado, David se ocultaba en la fisura de un enorme canto rodado, esperando la señal de su amigo. «Bang», sonó la flecha, y nuevamente, «bang», la segunda. Las flechas atravesaron el aire por encima de la cabeza de David y cayeron en picado para clavarse en la tierra mucho más allá de él. También el corazón de David cayó en picado, ya que ésta era la señal que indicaba que debía marcharse, abandonar el lugar y huir. A partir de ese día sería declarado enemigo del rey, rechazado por la familia real y por el querido hijo del rey, su queridísimo amigo.

David permaneció un rato más en su escondite. Al poco tiempo apareció Jonatás para despedirse. Se abrazaron y lloraron juntos, y ninguno de los dos intentó ocultar sus sentimientos.

—Querido Jonatás, tú eres el mejor amigo que un hombre puede tener. Nunca te olvidaré.

—Mi estimado David, juro que aunque el resto del mundo te dé la espalda, yo seguiré siendo tu amigo. Te quiero más que a mi propia vida.

—Prometo también que tú y yo nunca seremos enemigos.

—Promételo de nuevo —dijo Jonatás, riéndose, pero con lágrimas de tristeza en los ojos—. Y ahora, tienes que irte. Los hombres de mi padre te buscan y tienen órdenes de matarte.

A partir de entonces, Saúl dio rienda suelta a sus ataques de locura. Su odio por David había crecido tanto que dedicaba más tiempo a su persecución que a las guerras contra sus enemigos. Sus tropas, al darse cuenta de las circunstancias, empezaron a

desertar en tropel, para servir a su nuevo héroe, a David. Al cabo de poco tiempo, David ya contaba con un ejército respetable, y el país, muy desgarrado por las guerras, tuvo que enfrentarse a una cruenta guerra civil.

En una ocasión, Jonatás logró cruzar las líneas de los centinelas para reunirse con su amigo en un lugar boscoso llamado Ziph. Los dos hombres se cruzaron las miradas bajo la luz del atardecer.

—No te preocupes —dijo Jonatás—. Mi padre no te encontrará. Ofendió a Dios, lo comprendo; ahora Dios le ha retirado su protección y quiere que tú seas el rey de Israel. Y cuando lo seas, ¿quién estará a tu lado? ¡Yo estaré allí! Tu fiel amigo Jonatás. Mi padre lo sabe, y me retiene a su lado. Y eso es lo correcto: soy su hijo y debo permanecer con él. Pero él sabe dónde está mi corazón. ¡Recuerda nuestra promesa!

—La recuerdo —replicó David—. ¡Amigos para siempre, tú y yo! Tú y lo tuyo. Yo y lo mío.

Y así permanecieron un buen rato, unidos en un largo abrazo, mientras la luna lucía pálida por tanta sangre derramada.

Los filisteos aprovecharon la desastrosa situación de Israel, crecieron en fuerza y se acercaron a las fronteras de Israel, una amenaza innegable. Saúl debía interrumpir su guerra obsesiva contra David para enfrentarse a un enemigo auténtico. Entonces sintió un gran vacío tras de sí, como si la demolición de una gran muralla le expusiera a los vientos helados. ¿Habría desertado también Dios, entonces? ¿También se había aliado con David?

David luchaba contra los filisteos cuando llegó un mensajero con las noticias, y las puso a sus pies como un premio. El rey había perdido la batalla en las montañas de

Gilboa. Saúl y Jonatás, uno junto al otro, habían sido encontrados sin vida en medio de las carrozas destruidas y de los guerreros caídos durante la lucha. El mensajero hizo una profunda reverencia. Ahora David se convertiría en el nuevo rey de Israel.

David se puso la mano en el cuello mientras un extraño sonido salía de su garganta. Se desgarró la ropa y cayó de rodillas, hundiendo en el polvo y la tierra el rostro y los cabellos. Y durante todo ese tiempo, el gemido de su garganta se transformó en un rugido.

Poco a poco, su enorme ira se fue mitigando, y David se quedó agachado, pequeño y desdichado, en el suelo. Con los ojos ciegos y bañados en lágrimas miró al mensajero.

—¡Oh, Jonatás, querido hermano, te has ido! Me amabas más que cualquier mujer podrá amarme jamás. Y ¿te has ido? Bien, entonces éste es el final. Hay un final para todas las glorias y todas las grandezas.

Cuando David empezó a recuperarse y a razonar, preguntó:

—¿Ha quedado alguien de la casa del rey Saúl?

Y sus oficiales marcharon a investigar. Las noticias fueron pocas y tristes: sólo dos personas permanecían con vida, un camarero llamado Ziba y un muchacho joven.

—El muchacho es un lisiado —le dijo el oficial—. Se cayó de la cuna cuando era un bebé, y tiene los pies paralizados. Se llama Mefiboset, y es el hijo del príncipe Jonatás.

Encontraron a Ziba, y David le dijo:

—Toma todo lo que pertenecía al rey, y llévatelo. Es todo tuyo. No quiero nada de esto; jamás lo tocaré.

Entonces le trajeron a Mefiboset; el muchacho andaba torpemente y se cayó, muerto de miedo, pues era el único familiar superviviente de Saúl, que tantas veces había intentado matar a David.

David le ayudó a levantarse. Era un muchacho pequeño y extraño, con los pies lisiados y torcidos, y las piernas poco desarrolladas. David le miró a la cara. Tal vez podría encontrar algún parecido con Jonatás en aquellos ojos oscuros y asustados.

—Mefiboset, tú tendrás todas las tierras que pertenecían a tu abuelo, el rey. Y te sentarás en mi mesa y compartirás el pan conmigo, durante todos los días de tu vida.

Mefiboset levantó la vista para mirarle:

—¿Pero, por qué?

—Y David sonrió:

—Amigos para siempre. Tú y lo tuyo. Yo y lo mío —dijo pensando en voz alta y recordando—. Tu padre y yo hicimos una promesa hace mucho tiempo: que nos seríamos fieles hasta el final de todos los tiempos. Bien, Mefiboset, acabo de perderle. Pero Dios te ha conservado para mí. Y por amor a tu padre, te trataré como a un verdadero príncipe… si tú también quieres ser mi amigo.

—Sí, quiero.

Y Mefiboset lanzó su promesa:

—Yo y lo mío. Tu amigo. Y tu fiel servidor. Para siempre.

Arlequín y Colombina, y también Pierrot

Un día, el pequeño Arlequín jugaba con su corazón cuando de repente a éste le salieron alas y se fue volando. Desde aquel momento, Arlequín se quedó sin corazón.

Ahora, cada vez que Colombina lo besaba, Arlequín no sentía nada.

Consultaron a un médico, y éste buscó e investigó, pero no pudo encontrar el corazón de Arlequín.

Llegó un comerciante para venderle un corazón de latón, terciopelo o cuero. Pero ninguno de ellos servía: sólo el auténtico corazón es capaz de sentir.

También se presentó un ladrón, que había robado muchos corazones. Pero tampoco pudo ayudar, pues dijo: «Sólo he robado corazones de mujeres. No creo que puedan servir a Arlequín».

Colombina fue en busca del corazón de Arlequín, y lo

encontró cantando en un árbol. Lo atrapó con una red, como a una mariposa de color carmesí, y se lo devolvió a Arlequín para que a partir de entonces lo llevara bien protegido debajo de su abrigo.

—¡Oh, Colombina, te amo! —suspiró Arlequín—, te amo con todo mi corazón.
—Querido Arlequín, yo también te amo —rió Colombina—, pero no tanto como amo a Pierrot.

Y Arlequín oyó un extraño ruido en su interior. Palpó debajo de su abrigo y sintió que su pequeño corazón se rompía. Colombina tomó a Pierrot del brazo y bailando juntos se fueron calle abajo; el pequeño Arlequín se quedó solo, mirando la luna y suspirando…

La espada de Salomón

Fue la palabra de Ester contra la de Miriam. Y Salomón debía juzgar y pronunciar la sentencia.

La sabiduría del rey Salomón era conocida por todos. Contaba la leyenda que Salomón había tenido un sueño, y en este sueño Dios le había ofrecido todo lo que él deseara.

—Dame sabiduría, Señor —le había contestado Salomón. (Ya debía de ser muy sabio para pedir tan sabio deseo.) Y Dios estaba tan complacido de su elección que además le concedió todas las otras cosas, menos importantes, que Salomón también hubiera podido desear, como riqueza, fama, salud, talento…

Durante el mandato de este rey tan sabio, el reino de Judea había progresado mucho, y la justicia de sus sentencias se había vuelto legendaria. Pero, en realidad, Salomón hubiera preferido pasar sus días escribiendo poesías antes que escuchar las riñas diarias que tanto tiempo le ocupaban.

Un día, Ester y Miriam se presentaron ante él. Ambas callaron al entrar en la gran sala, admiradas del gran esplendor de la realeza. Pero, enseguida, después de haberse acercado al sillón del juez, volvieron a amenazarse la una a la otra.

—Es mío, te lo aseguro.

—Es mentira. No lo es.

—El tuyo murió.

—Tú me lo robaste. ¡Tú viniste mientras yo dormía y cambiaste a mi hijo por el tuyo muerto!

El niño en cuestión pataleaba y berreaba entre los brazos de Malaqui, el ujier, quien lo sujetaba cautelosamente a cierta distancia de su cuerpo. Malaqui no sabía cómo se podía aclarar y arreglar este asunto, pero seguramente su maestro lo sabría. Ya le había escuchado emitir miles de juicios, y todos habían sido tan maravillosamente acertados. ¡Si por lo menos el niño dejara de llorar!

—¡Silencio ante la presencia del rey! —ordenó con su fuerte voz, pero Miriam y Ester lo ignoraron. Y el propio Salomón tuvo que gritar para que las dos lo escucharan.

—¿De quién es el hijo?

Y las dos volvieron a discutir y a reñir agitadamente, hasta hacer resbalar los chales que dejaron al descubierto sus desaliñados cabellos.

—Es mío. ¡Dile que me lo devuelva!

—Está loca. Quiere quitarme a mi hijo. ¡Míralo! Se parece a mí.

¿Pero cómo se podría encontrar algún parecido en este pequeño rostro sonrosado que no paraba de llorar? ¡Pobre chiquillo! A Salomón le recordaba a un pequeño cachorro de zorro reclamando a su madre.

—¿Hay algún testigo?

—No, señor, no hay ninguno —dijo Malaqui.

—¡El bebé es mío!

—¡No! ¡Es mío!

—¡Basta ya! —Las dos mujeres se sobresaltaron y sorprendieron.

—Tengo una solución —dijo Salomón.

Malaqui sonrió con satisfacción. Su gran maestro siempre tenía una solución para todos los problemas.

—Toma una espada —ordenó Salomón—. Ya que las dos queréis a este niño, vamos a dividirlo entre las dos. Lo cortaré por la mitad y cada una de vosotras tendrá una parte de él.

Malaqui se sintió decaer, y la sonrisa se le heló en el rostro. Desde luego, las mujeres no merecían nada mejor, después de tantos gritos y gemidos. Pero el niño en su brazos era tan bonito y tan rosadito, tan frágil y tan vulnerable. El rey no sería capaz… Pero la espada llegó: nadie se atrevería a desobedecer al rey de Judea.

—¡Pon al niño en el suelo, Malaqui! —ordenó Salomón—. El corte debe ser limpio y las dos partes deben ser iguales.

Las mujeres se quedaron boquiabiertas mirando al rey. Ester tenía las mejillas rojas de la rabia acumulada en su interior. En cambio, Miriam se quedó blanca, y parecía un fantasma con su vestido de color pálido, con las manos heladas, mientras depositaban al niño en el suelo.

—¡No lo pongáis encima de la alfombra! —dijo Salomón—. En el suelo, o la sangre la manchará.

Malaqui hizo lo que le había ordenado, aunque sus dedos se enredaron en los flecos del chal y no podía liberarse. ¡Una cosita tan rosada, tan pequeña y tan frágil!

Salomón se levantó de su trono. Cogió el puño de la espada con ambas manos y se situó encima del bebé, con los pies separados. Malaqui se cubrió la cara con la manga de su manto: no soportaría verlo. Casi no podía creerlo…

La hoja de la espada brillaba con los reflejos de las llamas de las velas, los pequeños pies del niño, el color rojo del vestido de Ester. El bebé dejó de llorar, como si se diera cuenta de aquel momento tan trascendental para su corta vida. Salomón levantó la espada, con los ojos semicerrados para no fallar el corte preciso de ese delicado blanco, que no paraba de moverse.

—¡Detente!

Salomón miró a Miriam, con cara de disgusto, como si hubiera querido acabar con esa tarea.

—Deja que se lo lleve —dijo Miriam. Su cara reflejaba todas las agonías posibles—. Deja que se lo lleve. Pero no lo mates. No a mi hijo… quiero decir… Es su hijo. Es el hijo de Ester. Ella se lo puede quedar. Pero no lo mates. Te lo pido de corazón, mi rey.

Y se cayó al suelo, con las manos extendidas hacia el pequeño bebé, para apretarlas inmediatamente después contra su pecho.

—¡Deja que viva! Retiro mi queja.

Ester permaneció en silencio, con una mueca de satisfacción.

Salomón agitó la espada en el aire y la depositó en el suelo, apoyándola contra su asiento de juez. Se inclinó para coger al niño y darle un beso en la nariz.

—Ahora ya sé quién es tu madre, ¿verdad que sí, pequeño muchachito? —dijo, y toda la dureza de su voz y la violencia había desaparecido. Únicamente Miriam te

ama con el verdadero amor de madre.
Únicamente Miriam se ha preocupado más
por ti que por sí misma.

Y después de acariciar la aterciopelada
mejilla del bebé con un dedo, se lo entregó
a Miriam.

Miriam se arrodilló meciendo al niño entre
sus brazos mirándolo con los ojos llenos de
lágrimas.

—¿Debo arrestar a esta mujer? —preguntó
Malaqui impaciente, mientras tomaba a Ester
por el brazo.

—Ha mentido y ha robado al hijo de otra
mujer. ¡Por lo menos debe ser azotada!

Salomón hizo un gesto de desaprobación, y Malaqui pudo ver que la mano real
temblaba.

—¡Malaqui, Malaqui! ¿No acaba de perder a un hijo? ¿Quién puede imponerle un
castigo peor que ése?

Se limpió las manos en el tejido suntuoso de su manto rojo y se retiró a escribir
poesías al pequeño cuarto situado justo detrás de la gran sala de juicios.

Perséfone y el río del amor

Hacía calor y el sol quemaba. Aretusa bajó al río a nadar. Sentía cómo la corriente la bañaba, y cerró los ojos, flotando cara arriba bajo el brillante cielo azul del verano, con su larga cabellera extendida sobre las aguas.

—Te amo, Aretusa —le susurró el agua al oído.

—¡Oh! —Aretusa se asustó y rápidamente nadó hacia la orilla. Cuando quiso salir del agua, sintió como ésta tiraba de ella. Pero Aretusa logró liberarse y echó a correr.

Pero el río Alfeo sobrepasó sus orillas y la persiguió. Aretusa comenzó a gritar y a correr más deprisa.

—¡Soy demasiado joven para casarme! —gritó, pero el río no dejó de perseguirla. La libertad era demasiado preciosa para Aretusa y no quería renunciar a ella. Además, nunca se había imaginado ser la novia de un río. Huyó y corrió cruzando campos y bosques, y el río siguió detrás de ella como si fuera una larga cola azul del vestido de la joven. Con sólo una vez de haberla tenido entre sus brazos, Alfeo se había enamorado profundamente de ella.

La diosa Venus, que contemplaba la tierra desde el cielo, vio correr a Aretusa y le inspiró lástima. Mientras corría, por un momento la muchacha sintió el sudor en el rostro, pero enseguida lo que sintió fue cómo ambos, el sudor y su rostro, se convertían en agua, y al alzar sus manos, observó cómo también éstas se transformaban en rocío. Toda ella se había convertido en una fuente de agua, y miles de gotas finas ocultaban su forma femenina, como la niebla oculta un árbol.

Alfeo fluía por todas partes, arriba y abajo, adentro y afuera, en busca de Aretusa. Y cuando estaba a punto de abandonar, una suave brisa levantó el rocío neblinoso y allí, por fin, la vio: ¡Aretusa!

Y Aretusa (que tan sólo era un pequeño arroyo en comparación con el poderoso Alfeo), derramándose sobre suelos pedregosos, siguió corriendo para encontrar un buen escondite. Finalmente descubrió una grieta entre dos rocas y, deslizándose, logró introducirse, para caer y caer cada vez más abajo. Su cuerpo de agua hizo un salto mortal antes de caer encima del suelo de mármol de las mismas Antípodas.

A su paso, los espectros, sobresaltados, la miraron con sus ojos hundidos, y los fantasmas, sorprendidos, se ocultaron entre las paredes; pero Aretusa siguió su paso a través de grandes espacios llenos de espíritus. El murmullo de la multitud de almas era más fuerte que el ruido de cualquier río. Tantos muertos. Nunca se había parado a pensar en la cantidad de gente que había muerto y abandonado la luz del sol para encontrar la paz en los reinos de la triste oscuridad.

Aretusa siguió flotando hasta llegar al centro de ese reino, donde había una gran sala con pilares muy altos de color negro decorados con tapicerías de luto. En medio de todo, sentado en un trono de ébano, estaba Hades, el dios de las Antípodas, y a su lado un ser mortal. No era un fantasma sino una muchacha viva que llevaba una corona de flores marchitas. Hades la retenía por la muñeca y le prohibía marchar.

La muchacha, al ver el brillo del agua de Aretusa, arrancó las flores de su cabello y las tiró al agua.

—Por favor, llévaselas a mi madre y dile dónde me encuentro. Dile también que Hades retiene a Perséfone, que Hades ha secuestrado a Perséfone.

El dios, muy enfadado, intentó recuperar las flores, pero Aretusa huyó flotando muy aprisa fuera de la sala del trono hacia los túneles negros y oscuros. Sintió mucho miedo, porque no encontraba el camino de salida, hasta que de repente vio una pequeña luz amarilla más arriba y, haciendo un esfuerzo para subir, logró llegar a una diminuta grieta y salir a la luz del sol.

¡Calor! ¡Vida! ¡Sol! Ya se había olvidado del enamorado Alfeo. Ahora lo único que le preocupaba era la madre de la pobre muchacha. ¡Que una persona viva debiera permanecer prisionera en ese terrible País de los Muertos! ¡No podía ni siquiera pensarlo! Y así siguió escabulléndose por encima de guijarros y huellas de cabras hasta que finalmente consiguió llegar a un claro de bosque, donde vio a una mujer que lloraba.

Pero no era una mujer común, sino una diosa con una corona de flores. Sus ropas estaban cubiertas de polen y de polvos otoñales, y lloraba desconsoladamente.

—¿Dónde estará mi hija? Mi pequeña Perséfone.

Era Deméter, la diosa de todas las cosas vivientes. A su alrededor se observaban los restos ya secos del verano, unos árboles afligidos que lloraban y dejaban caer sus hojas en señal de compasión.

—Tu hija está en las Antípodas —gritó Aretusa, aunque su voz no alcanzaba más que un suave susurro.

Le tiró la corona de flores a los pies y le gritó con toda su fuerza: —Hades tiene retenida a tu hija. Es su prisionera y quiere convertirla en su esposa.

La diosa se puso de pie.

—Gracias —dijo, pues de repente volvía a albergar esperanzas de encontrar a su hija perdida. Subió por la colina, donde Aretusa no podía seguirla, y llamó a las puertas del Olimpo.

—¡Zeus! ¡Oh, Zeus! ¡Padre de los dioses y gobernador de la Tierra! Hades ha secuestrado a mi hija. ¡Oblígale a devolvérmela!

La voz de Zeus, el dios más poderoso, retumbó como un trueno por toda la colina.

—¿No se merece Hades un poco de felicidad? Su destino es muy duro. ¿Debe continuar tan solitario en aquellas terribles cuevas del reino de la oscuridad? ¿No puede tener una esposa que le haga compañía?

—Si quería una esposa, debería haberla buscado y cortejado; pero no puede robarla —lloró Deméter—. Si no le ordenas liberarla, ya no cuidaré más de las viñas ni de los árboles. Sin mi hija, no me preocupa ni lo más mínimo que todo se marchite y se muera.

Zeus se sintió conmovido y tuvo lástima de Deméter. Pero al mismo tiempo se alarmó. El mundo se convertiría en un desierto si Deméter dejaba de cuidar los jardines, los bosques y toda la naturaleza. Pero también debía tener en cuenta los sentimientos de Hades…

Así que llamó a Hermes, su mensajero alado.

—¡Rápido! Corre a las Antípodas y dile a Hades que tiene que devolvernos a Perséfone… siempre que, naturalmente, ella no esté dispuesta a quedarse.

Aretusa vio a la madre y al mensajero bajar la colina a toda prisa, en dirección a las Antípodas. Pero el agua corre más rápido y con más facilidad cuesta abajo, y ahora Aretusa podría ganarles.

¡Tenía que saber qué había sido de la pobre Perséfone!

—¡Corre! —urgió Deméter al mensajero alado—. ¡Hades intentará engañarla, lo conozco!

Y no se equivocó. Siempre se le ocurrían nuevas delicias para tentar a su prisionera.

—¡Fresas recién cogidas de los Campos Elíseos, mi querida! ¡Trufas de la tierra negra de allá arriba! ¿No las quieres probar, mi joven dama? Debes de sentir hambre.

Y realmente la sentía. Perséfone estaba hambrienta. Durante tres largos días había rechazado toda clase de comida y bebida; al principio por tener miedo y después por sentirse demasiado triste. Pero, finalmente, casi sin darse cuenta cogió unos granos de granada que Hades había dejado sobre la mesa.

—¡Detente! —Fue Hermes, quien entró deslizándose sobre sus sandalias aladas.

Por un momento, Hades pareció sentirse culpable, y se levantó de su trono.

—Se ha comido mi alimento. Ahora es mía. ¡No me la puedes quitar!

—Ya lo veremos.

Y Hermes abrió el pequeño puño de Perséfone, dedo por dedo. Allí, en medio de la palma de la mano aparecieron los seis granos. La muchacha lo miró aterrada.

—¿Qué es lo que he hecho? —preguntó—. No me he dado cuenta.

—¡Qué vergüenza, Hades! No puedes tener novia sin recurrir al secuestro o a trucos.

—¿Trucos? —repitió Perséfone, llorando.

—Si no ¿cómo podría haberla conquistado, eh? —fue la respuesta de Hades al mensajero alado—. ¡Pero mírala! Es preciosa. Es perfecta. ¿Crees que habría venido voluntariamente sólo con pedírselo a este

infierno oscuro donde nunca brilla el sol, donde no crece nada más que musgo y moho? ¿Para iluminar la vida de un viejo tirano malhumorado como yo? ¡Jamás!

—Por lo menos hubieras podido intentarlo —susurró Perséfone.

De los doce granos de granada se había comido sólo seis, y sin embargo fueron suficientes para sellar su destino.

Mientras espiaba aterrorizada por el pequeño agujero, Aretusa no se dio cuenta del géiser de agua verde y gris que se abría camino entre la tierra rocosa. Alfeo, que no había dejado de perseguir a su amor, también llegó a estas profundidades subterráneas. Ahora había vuelto a emerger, forzando su gran masa a través de una grieta, como un cocodrilo por el ojo de una aguja. Sus enormes masas de agua se precipitaron hacia ella.

Para su deleite y asombro, Aretusa no intentó huir. Al contrario, se derramó contra él, hacia sus largos brazos. Después de todo, ¿no se había atrevido a bajar a las temibles Antípodas por amor a ella? Y tras ver lo que había visto allá abajo, y comparar su destino con el de Perséfone, realmente, lo único que deseaba era amor y la luz del sol.

El gran río y el riachuelo se entremezclaron para seguir fluyendo unidos: rápidos, burbujeantes, cubiertos de espuma blanca, como si fuera una boda.

En cuanto a Deméter, mantuvo su amenaza de descuidar la naturaleza si su hija no regresaba con ella. Pero Zeus, con su inmensa sabiduría, emitió un juicio para cambiar tanto el Mundo Inferior, las Antípodas, como el Mundo Exterior. Ya que Perséfone había comido seis granos de granada (dijo él), debía permanecer seis meses del año en las salas de Hades, para acompañarlo en su soledad y cantarle melodías melancólicas. Durante los seis meses restantes podía volver con su madre, para ayudarla a cuidar los arbustos y los árboles.

Deméter siempre se quedaba abatida cuando volvía a quedarse sola, y descuidaba su trabajo. Y los árboles, también tristes, dejaban caer sus hojas. Pero ambos compartían la ilusión por la próxima primavera, cuando madre e hija se volvían a reunir.

Con el tiempo, Perséfone aprendió a amar a su marido «de medio año» tanto como a su madre «de seis meses», ya que el cariño y la admiración que él sentía por ella nunca cambiaron. A su manera tan especial y muda, la adoraba con ese amor tan monumental y eterno que sólo un dios es capaz de profesar. A veces aún se pueden escuchar las risas que surgen de las profundidades más oscuras, carcajadas retumbantes y risitas juveniles y alegres, como el sonido de ríos o cascadas subterráneos.

La muerte de la Muerte

La anciana madre de Jack descansaba enferma en la cama, con la cara tan blanca como su cabello, y su cabello tan blanco como la almohada. Y cuando Jack le sostuvo la mano, sintió un pulso más débil que el sonido del reloj. Ella le sonrió durante un breve instante.

—Sé que ya no te veré al amanecer, Jack. Has sido un buen hijo para mí, el mejor. Dame un beso de despedida y me dormiré.

—No, madre, no debes hablar así —respondió Jack, con la garganta casi cerrada por el dolor. Se acordó de su madre cuando salía de la cocina para saludarle al volver del colegio. Y también de las canciones que le cantaba para que se durmiera, de cuando le hacía cosquillas para hacerle reír o le leía cuentos hasta el cansancio, y también de más tarde, cuando ya era mayor, y escuchaba los problemas de su trabajo. Se acordaba de sus fiestas de cumpleaños, de las excursiones y paseos junto a ella. No conocía a nadie en el mundo que pudiera hacer pasteles como su madre. Y sobre todo, nada podía hacer que se sintiese tan querido, tan grande y tan especial como ella.

—Aún te quedan muchos años buenos por vivir, madre —dijo Jack—. Y no estoy preparado para dejarte ir. Así que no sigas hablando de la muerte.

—Hable de ella o no, vendrá de todos modos —respondió la madre—. Ya puedo oír sus pasos.

Y sus párpados cerrados temblaron.

Jack saltó del borde de la cama. Era verdad, podía oír el sonido de las botas de felpa que se arrastraban sobre el pavimento, y se acercaban cada vez más. La cerradura crujió y el pestillo se alzó. A Jack se le empezaron a erizar los cabellos de la nuca. Corrió hasta la puerta y la abrió de golpe, y se encontró frente a un hombre extraño y alto, todo vestido de negro. Su cara quedaba a la sombra de su gran sombrero de tricornio, pero Jack pudo darse cuenta de que estaba muy pálida, con las mejillas hundidas y los labios tan amarillos como la piel.

—¡No tan deprisa! —gritó Jack, cuando el desconocido intentó entrar.

Con el primer golpe, el extraño se tambaleó contra la pared, mirando a Jack a la cara, una mirada de desconcierto y sobresalto. Después del segundo se cayó de

rodillas. Jack levantó un pie, se lo puso en el pecho y lo empujó hacia la calle. Y cerró la puerta enseguida, tan deprisa que se pudo escuchar el ruido sordo de un golpe y, después, un tercer grito de dolor.

—¡Hoy no! ¡Gracias, señora Muerte! —dijo Jack triunfante y jadeante, sujetando todavía la puerta con su hombro.

Silencio. Cuando después espió por la ventana, no vio nada ni a nadie, únicamente una huella de sangre en dirección al oscuro callejón. Detrás de Jack, su madre se incorporaba en la cama.

—¿Tomamos el té, Jack? —preguntó, con el gorro de dormir cubriéndole sólo una oreja.

Jack casi no podía creer que hubiera sido tan valiente. Había matado a la Muerte y salvado a su madre. ¡Imagínate! Ya no habría más muerte. Jack entraría en la historia como un héroe de la humanidad: ¡el muchacho que mató a la Muerte!

Un triunfo así merecía una celebración. Asaría un pollo para su querida y anciana madre. La ayudaría a recobrar fuerzas. Y mañana la noticia se habría extendido por todas partes y todo el país lo celebraría con banquetes y medallas y lo recompensaría con dinero y tierras. ¡Qué orgullosa se sentiría su madre de tener un hijo tan inteligente y valiente!

Así que se fue al gallinero para escoger el pollo más gordo de todos, y lo cogió por el cuello.

Pero el cuello del animal era tan duro como un cabo de acero. Jack se quemó las manos en el intento de torcerlo. Después le clavó una navaja para matarlo y con la sierra intentó serrarlo. Pero al soltarlo, el pollo seguía

saltando contento, sólo ladeó la cabeza y le miró con cara de reproche, para después irse pavoneando.

Hacía mucho frío en esa época del año. Jack tenía las manos enrojecidas después de la lucha con el pollo. Así que por lo menos tendría que encender la estufa para que su madre no pasara frío. Y se acercó hasta el bosque, detrás de la casa, para cortar leña.

—Debe de hacer más frío de lo normal —pensó Jack—. Este tronco está helado. No se deja cortar.

Y tuvo que abandonar el propósito de cortarlo, así que desenterró todo un pequeño árbol para llevárselo a casa. Pero no se encendía. Demasiado verde.

—Por favor, madre. Vete a la cocina y prepara algo de pan —dijo de mal humor, y volvió a salir de la casa con la caña de pescar.

Se fue al río para pescar algo para la cena, y tuvo suerte, enseguida pescó una hermosa trucha, de bonitas manchas marrones. Pero cuando la puso sobre la hierba para darle un golpe con un palo y matarla, saltó, como una pelota de goma, de vuelta al río. Jack gritó de frustración y rabia.

Tenía mucha hambre. Él y su madre debían comer algo, aunque no fuese un gran banquete. Así que se fue al huerto para llenar la cesta de frutas y verduras.

Pero las manzanas no se dejaron recoger; aunque las movía con todas las fuerzas, seguían firmemente adheridas a las ramas. Peor aún, el manzano lo abofeteaba: ¡lo abofeteaba a él! Jack se sentó en el suelo dando gritos de dolor y de frustración.

Sin embargo, su propio ruido quedó ahogado por un terrible maullido. El pequeño cobertizo donde guardaba el grano para el invierno se había llenado de miles de ratas y ratones que, como furiosas olas de color gris oscuro, destrozaban los sacos de yute y esparcían todo el grano. El pobre y viejo gato saltaba y daba zarpazos, pero era evidente que había perdido la capacidad de atrapar roedores. Y aunque Jack hizo todo lo posible por ahuyentarlos con un rastrillo y un mayal, lograron acabar con todas sus provisiones para el invierno delante de sus propios ojos.

Jack, rabioso y con un hambre enorme, volvió a la casa. Para su gran disgusto, su madre, muy lejos de hacer el pan, se había vuelto a recostar en la cama.

Le hizo señas a su hijo para que se acercara; su cara estaba terriblemente pálida.

—Tal vez sólo logré herir a la Muerte —pensó Jack—. Mejor que vaya a acabar con ella. Cogió su escopeta y se dirigió a la puerta.

—¡Oh! Jack, Jack. ¿A dónde vas? —le preguntó su madre.

—Al callejón oscuro. Para acabar el trabajo que empecé antes —respondió Jack disgustado.

—¡Oh! Jack, Jack. ¿Qué has hecho? —inquirió la madre nuevamente, con una voz cada vez más débil.

—Maté a la Muerte. La maté por ti, o al menos creo que lo hice. Ya no vendrá más por aquí, a meter su nariz en donde no se la quiere.

Su vieja madre se recostó entre las almohadas.

–¡Oh! Jack, Jack, me lo temía. Esta mañana pensé que encontraría la paz y la tranquilidad en mi tumba. Pero parece que la puerta se ha cerrado desde entonces. ¡Mi querido hijo, eres un muchacho muy tonto!

–¡Sólo lo hice porque te quiero! –protestó Jack–. ¿Cómo voy a vivir sin ti? Tuve que matarla.

–Pero ¿pudiste matar el Dolor, Jack? ¿Y las Penas? –inquirió su madre, tomando las manos entre las suyas–. Hay un lugar para la Muerte en este mundo, y también para el prójimo. O ¿cómo se recogerán las cosechas o se tallarán los árboles?

Jack la miró fijamente y se acordó del huerto y del bosque y del gallinero y del río.

–¿Cómo quieres evitar que el mundo envejezca? ¿Cómo crearás espacio para los recién nacidos? ¿Cómo descansarán los cansados? No puedes deshacerte de la Muerte, Jack, a no ser que te puedas deshacer del Dolor, de la Guerra, del Hambre, de los Ancianos, de la Tristeza y de la Enfermedad, y de todas esas cosas que inducen a la gente a darle la bienvenida como al sueño reconfortante de la noche. ¡Oh! Jack, Jack, el mundo no te perdonará jamás si realmente has matado a la Muerte.

–Pero madre, pensé…

–No, no lo hiciste, hijo. Ojalá lo hubieras hecho. –Y le apretó la mano–. Muchacho tonto. Querido, queridísimo hijo. Te echaré de menos cuando nos separemos. ¿Pero realmente supones que me asusta la Muerte? Estaba ansiosa por recibirla. Es una muchacha interesante, tiene que serlo, después de todo…

Y Jack, después de besar a su madre en la frente, salió corriendo de la casa, atravesó el patio y se apresuró para llegar

al callejón oscuro, lleno de sombras misteriosas. Pero no vio nada ni a nadie. Ningún cuerpo, ningún manto, ni la Muerte. No pudo descubrir nada, sólo unas cuantas gotas de sangre de un color azul oscuro, el color del cielo nocturno.

Jack ahuecó las manos delante de la boca para gritar:

—¿Te encuentras bien, Muerte? ¿Estás viva?

Con los gritos, las hojas muertas empezaron a caer de los manzanos de la calle. Las ciruelas maduras hicieron «plaf» al caer de los ciruelos, un ruido similar al goteo de la sangre. «Vivo y haciendo tic tac», dijo el viejo reloj en la torre de la iglesia. «Vivas y picoteando», dijeron las aves que solían comerse las semillas que rodeaban las tumbas. «Viva y golpeando», tableteaba la puerta de la casita de Jack, movida por el viento.

Jack se giró y vio cómo, al otro extremo de la calle, una mujer anciana se apoyaba en el brazo de una figura alta, vestida con un manto largo y un sombrero de tricornio; las dos cabezas se acercaron como si compartieran un secreto.

Jack no fue hacia ellos, sino que se sentó bajo la entrada del camposanto contiguo a la iglesia. Una o dos veces se frotó las ojos con la manga de su camisa; un muchacho tan mayor como él no debería llorar.

—Iré a casa y se lo contaré a mi madre; ha sido un día terrible… No, no.

Por un momento se le había olvidado: ahora estaba solo.

Se clavó las manos entre las rodillas y, meciéndose hacia atrás y hacia delante, empezó a llorar. Después de todo, hay un momento adecuado para las lágrimas, al igual que para la muerte. Y el amor no termina con la muerte. Sólo se convierte en algo un poco más solitario.

Romeo y Julieta

Al principio, todo era divertido y multicolor, la luz del sol brillaba mucho, la multitud se movía entre empujones, música y naturalmente había vino en abundancia. Romeo estaba enamorado, pero, en realidad, Romeo siempre estaba enamorado de alguien. Los jóvenes no tienen más remedio. O luchan o se derriten de pasión.

Los mayores ya deberían saberlo, pero no fue así en Verona.

La familia de los Capuleto se había enemistado con los Montesco desde hacía tiempo, y no dejaban de insultarse o luchar entre ellos. El príncipe había perdido toda su paciencia con ellos, y finalmente prohibió las luchas en la calle so pena de destierro. Aun así, el odio mutuo seguía fermentando con el calor del verano, como una fruta demasiado madura. Nadie se acordaba del motivo de este odio recíproco, y tampoco les importaba. Los Montesco nacían odiando a los Capuleto, y también los Capuleto odiaban a los Montesco desde el mismo momento de su nacimiento.

Pobre Romeo Montesco, pues, al enamorarse de Julieta Capuleto.

Romeo y sus locos amigos se habían atrevido a mezclarse entre los invitados en un baile de máscaras en la residencia de los Capuleto. Romeo vio a Julieta, ¡y la vida se detuvo! De repente, el resto del mundo desapareció de su entorno y tan sólo ellos dos quedaron allí erguidos, mirándose y enamorándose.

Mientras Romeo suspiraba y escribía poesías, Julieta se dedicaba a cosas más prácticas. Mandó a su vieja niñera con un mensaje para Romeo: «Te amo. Me casaré contigo. Ven a verme a la celda de fray Lorenzo si tú también deseas casarte conmigo».

Al principio, fray Lorenzo pensó que se trataría de un capricho pasajero de juventud. Los consideraba demasiado jóvenes para pensar en el matrimonio. Pero tuvo que reconocer su error. Los dos jóvenes estaban hechos el uno para el otro. El odio de Romeo hacia los Capuleto se había esfumado, ¡y los dos parecían tan felices! El rostro de Julieta irradiaba tanta luminosidad que parecía haberse tragado el sol.

Y fray Lorenzo se dejó convencer. Se dio cuenta de que nada podría separarlos, así que los unió en matrimonio. Además, se dijo que con este matrimonio seguramente las eternas riñas y luchas entre los Capuleto y los Montesco acabarían de una vez y para siempre.

Naturalmente, la pareja no pudo comunicar su boda a nadie, no por ahora. Se debería dar a conocer con diplomacia, cuando sus padres estuvieran más tranquilos y no amenazaran con desheredarlos.

—Mantenedlo en secreto por ahora —aconsejó el fraile—. Esperad hasta que pueda comunicarles este acontecimiento con tacto y diplomacia.

Y de repente, como un pastel de bodas expuesto demasiado tiempo al sol brillante, toda la alegría empezó a desmoronarse.

En el camino de vuelta de su boda secreta, Romeo encontró a Mercutio, su mejor amigo, y de repente los dos se vieron frente a frente con Benvolio y Tibalto. Tibalto Capuleto, el primo

de Julieta. Bien, como es natural, Tibalto provocó a sus enemigos como un torero cuando incita al toro; sin embargo, Romeo no se inmutó, al contrario, trató de explicarle que ya no albergaba más rencillas contra los Capuleto. Evidentemente no pudo revelar la razón, y los demás jóvenes lo miraron desconfiados. ¿Qué? ¿Romeo se había convertido en un cobarde? ¿Tenía miedo de luchar? En el centro de la ciudad la plaza ardía como un horno y los temperamentos se enardecieron.

—¡Lucharé contra ti si Romeo tiene miedo! —le gritó Mercutio a Tibalto. Y ambos desenvainaron las espadas mientras que Romeo intentaba separarlos. Finalmente, logró sujetar a Mercutio, pero Tibalto aprovechó ese instante para escurrirse por debajo del brazo de Romeo, y de repente Mercutio se encontró en el suelo herido de muerte y maldiciendo a los Montesco y a los Capuleto.

Si alguna vez algún insulto dio en el blanco, éste desde luego lo hizo: Romeo tomó la espada de su amigo y la clavó en el corazón de Tibalto.

Romeo tendría que abandonar la ciudad de Verona, desterrado, o sufriría la pena de muerte por desobedecer el edicto del príncipe y por matar a Tibalto.

Romeo corrió a ver a fray Lorenzo, y tanto se golpeó la cabeza contra los muros que empezó a sangrar. No quería escuchar ninguno de los razonamientos; su vida había terminado, dijo. ¿Qué importancia tenía la pena de muerte comparada con el sufrimiento de estar separado de Julieta? Lorenzo tuvo que insistir para hacerle entrar en razón.

—Mientras hay vida, hay esperanza, hijo. ¡Mientras hay vida, hay esperanza!

Se acordó que Romeo abandonaría la ciudad al amanecer para irse a Mantua. Allí esperaría más noticias, y Julieta podría reunirse con él o, en caso de que el príncipe se tranquilizara, tal vez incluso podría volver. Así, sólo le quedó una noche para pasarla con su joven y bella mujer antes de dejar Verona.

Naturalmente, mientras tanto, Julieta se había enterado de lo sucedido, que su amado primo había muerto, muerto a manos de Romeo. Y cuando Romeo trepó por la reja de su balcón, enfurecida le dio patadas y le golpeó con los puños:

—Tibalto era como un hermano para mí. ¿Cómo pudiste hacerlo, asesino? ¡Te odio! —Luego se controló y, apoyada contra su pecho, se besaron. El odio había desaparecido.

Romeo permaneció a su lado hasta el amanecer, y se dieron un último beso. Romeo montó su caballo para cabalgar hasta Mantua. Y le prometió enviar por ella tan pronto como tuviera un trabajo y un lugar para vivir los dos.

En ese momento, los padres de Julieta entraron en su aposento. Aún tenía la mano apoyada contra el vidrio de la ventana, con la mirada perdida en la lejanía… Traían buenas noticias, dijeron. Habían decidido borrar la tristeza por la muerte de Tibaldo con un acontecimiento familiar mucho más alegre: ¡la boda de Julieta!

Julieta, aún con lágrimas en los ojos y temblando por la triste partida de su marido, supo que la habían comprometido en matrimonio con el conde Paris.

Naturalmente, intentó resistirse, y su padre se enfureció por sus lágrimas y sus súplicas. Amenazó incluso con desheredarla si decía una sola palabra más en contra de su decisión. Se casaría a la mañana siguiente, le gustase o no.

Julieta se apresuró a consultar a fray Lorenzo que, evidentemente, dijo que la ayudaría.

—¡Mientras hay vida, hay esperanza! —dijo—. Mientras hay vida, hay esperanza.

Fray Lorenzo, además de pertenecer a una orden religiosa, también era boticario. Tenía un gran talento para preparar toda clase de pociones y remedios a base de hierbas y minerales. De modo que preparó una poción para salvar a Julieta de la boda con el conde. El licor preparado eliminaría toda señal de vida, parecería muerta. Fue un brebaje fuerte y peligroso, pero Julieta se lo tomó como si fuera una bebida de fresa.

Después de haberse ido, Lorenzo se dispuso a escribir a Romeo, ya en Mantua, para explicarle el plan. Julieta se libraría de la boda con el conde Paris, ya que parecería estar muerta. La enterrarían en el mausoleo familiar y allí debería ir Romeo (preferentemente antes de que Julieta despertase para que no se encontrara tan sola entre esqueletos y telas de araña). Después podrían fugarse juntos y empezar una nueva vida; no sería lo ideal, pero tal vez, y… mientras hay vida…

De acuerdo con el plan, la valiente Julieta se tomó la poción y se acostó para dormirse –tan profundamente como si se hubiera hundido hasta el fondo de los mares más profundos.

A la mañana siguiente su madre y la sirvienta entraron para despertarla:

–¡Despierta, Julieta! Es el día de tu boda.

Pero la encontraron tan pálida como una pared y tan fría como el agua helada.

Mientras todos la lloraban y lamentaban, fray Lorenzo sonreía imaginándose su felicidad el día en que supieran la verdad. Él sabía que Julieta no había muerto, y al caer la noche se reuniría con su verdadero marido, con su Romeo.

Pero la carta nunca llegó a su destinatario. A veces ocurren accidentes y las cartas se pierden, o se retrasan. Y Romeo, lejos en Mantua, no se enteró de los planes de Lorenzo, pero le llegó, sin embargo, la noticia de la muerte repentina de Julieta.

Enloquecido por el dolor, se puso en marcha para ir al cementerio de Verona. Sólo se detuvo una vez para comprar un pequeño frasco de veneno. Allí, al lado de la tumba, estaba el conde Paris, lamentando la muerte de la mujer que iba a ser su esposa. Romeo le arrasó sin pensarlo ni un instante.

Después bajó la escalera polvorienta para llegar a la bóveda del mausoleo, donde Julieta seguía dormida gracias a la maravillosa poción del fraile. Pero parecía más muerta que una piedra. Y Romeo sacó su frasco de veneno y se lo bebió hasta agotarlo, sin pensarlo ni un instante.

Mientras tanto el brebaje del fraile dejó de hacer efecto y Julieta se despertó. Y tal como lo habían planeado, encontró a Romeo con ella.

–¿Romeo? ¡Despierta, mi amor! Te has quedado dormido mientras esperabas. ¡Despierta, querido!

Pero cuando lo tocó, lo notó frío. Frío como la muerte.

Entonces, Julieta cogió su daga y se la clavó en su propio pecho. Ningún llanto, ningún lamento. Sólo un beso tierno y, después, silencio.

Y así los encontró fray Lorenzo.

Cuando los padres los vieron a ambos, muertos, la enemistad entre las dos familias, entre los Capuleto y los Montesco, desapareció en un mar de lágrimas. Tenían demasiado en común para seguir odiándose. Pero nadie se sentía feliz. La oscuridad y el horror de aquel lugar de piedra les oprimía a todos, y sólo sintieron frío, un frío helado de muerte.

Calor al principio, y frío al final.

Pero quizá el cielo se había decorado con banderas para dar la bienvenida a Julieta y a su Romeo. Quizá los caminos que llevan al cielo siempre son cálidos y coloridos, llenos de gente contenta y feliz que ovacionan a los amantes fieles y unidos para siempre.

El palacio del amor

Sāh Yahān tenía muchas mujeres, como todos los emperadores mogoles. Pero sólo tuvo un amor, Muntaz Mahal, una muchacha tan adorable como las estrellas. Esto por lo menos es lo que pensaba Sāh, y creía que ella también brillaría para siempre, como las estrellas. Pero un día, el brillo en sus ojos se acabó, Mahal murió entre sus brazos, y Sāh se sintió como si se lo hubiera tragado la noche negra y eterna.

Sus llantos no sirvieron de nada, sus lágrimas no podrían traerla de vuelta. Tampoco su gran disgusto; sabía que la rabia no serviría de nada. Cuando la pálida luna creciente asomaba en el firmamento, la maldecía, ya que la luna volvería a brillar entera y llena, pero Mahal no. ¿Por qué deben morir las personas? ¿Por qué los ladrillos de adobe que se secaban al sol en los campos sobrevivían a las manos que los habían formado?

Y de repente le llegó la inspiración: sabía cómo la belleza de Mahal podría perdurar para siempre. Sāh Yahān empezó a construir.

—¿Estás construyendo un palacio para mí? —le preguntó Aurangzeb, su hijo codicioso.

—¿Estás construyendo un templo para Dios? —inquirió su amado hijo Shikoh.

Pero la construcción que se elevaba en medio de la tierra polvorienta era mucho mayor y mucho más bonita que cualquier templo o palacio. Parecía flotar sobre el suelo, y los cuatro ríos que afluían en su base se parecían a los cuatro ríos que se encuentran en el corazón del paraíso. En sus murallas de mármol blanco se habían incrustado exquisitos diseños de joyas de colores. Y cuando la luna creciente se elevó sobre el Taj Mahal, ya no fue más que el toque final de una obra perfecta. Sāh Yahān sencillamente había construido el monumento más bello del mundo. Su gran amor por Muntaz Mahal no hubiera cabido en ningún otro lugar más pequeño. Y nada menos hermoso hubiera podido expresar el dolor que experimentaba por su pérdida.

Pero aún tuvieron que presentarse acontecimientos peores. Aurangzeb, el hijo de Sāh Yahān, destituyó a su padre, el emperador, y lo encarceló. Después mató a Shikoh, su hermano, y no cesaba de causar grandes estragos sobre Agra y todo su imperio.

Pero Yahān, desde la ventana de su prisión, en el Fuerte Rojo, aún era capaz de mirar el Taj Mahal. Los cristales de sus ventanas le saludaban reflejando los rayos del sol. Su domo cubierto de joyas palpitaba como los latidos del corazón durante las puestas de sol. Su gran serenidad apaciguaba su pobre corazón. Le hablaba de amor, como lo había hecho Muntaz Mahal. Y le hablaba del paraíso.

Un hombre en el umbral de la muerte que vislumbra el paraíso no tiene qué temer. Un templo perdura mucho más tiempo de lo que dura la vida de un hombre. Poco tiempo después, Yahān murió, como Mahal. Y el Taj Mahal es el gran monumento para recordar su amor tan infinito, incluso ahora. Y también ahora, todavía, los amantes que contemplan la luna creciente sobre el Taj Mahal pueden sentir la gran luminosidad en este mundo triste y vislumbrar la esencia del amor verdadero.

Más sobre las historias

La primera familia

Este mito de la isla de Madagascar en el océano Índico es del tipo «tabú» que explica las relaciones correctas y apropiadas dentro de una determinada sociedad. Señala también los distintos tipos de emoción, todos igualmente fuertes, que encajan en la denominación «amor».

Antonio y Cleopatra

En 1607, cuando William Shakespeare escribió esta obra, la más apasionada de las que creó, se basó en las escrituras antiguas de Plutarco, quien había intentado relatar los hechos históricos.

Cleopatra, antes de su gran historia de amor con Antonio, ya había contado con el afecto de su antecesor, Julio César, en cuyos aposentos había tratado de introducirse envuelta en una alfombra.

Hero y Leandro

La historia de Hero y Leandro data de la antigua Grecia. El pequeño estrecho de agua entonces llamado Helesponto (ahora los Dardanelos) debe su nombre a Helo, una princesa mítica que se cayó del lomo de un carnero dorado alado (más tarde el vellocino de oro de Jasón), y se ahogó.

Lord Byron, el famoso poeta inglés, se jactaba de que podía hacerlo, y lo hizo. Atravesó el Helesponto a nado.

Imperdonable

Probablemente éste sea el cuento más popular de Gales. Pero esta versión de Beth Kellarth data, aproximadamente, de 1790. El tabernero del Royal Goat Inn conocía la versión antigua, y facilitó el nombre del perro y del príncipe Levelino por el interés local. Además, construyó un mojón de piedras con el ayudante del párroco. El Royal Goat Inn empezó a prosperar, ya que cada vez eran más los turistas que llegaban a visitar la ciudad, que al cabo de poco tiempo cambió su nombre por el de Beth Gelert (Gelert's Bed; la cama de Galerto), para ver el famoso montículo de piedras y llorar frente a él. Aún recibe visitas. Pero nadie sabe con certeza si realmente existió ese perro que en aquel momento y en aquel lugar salvó a un bebé.

Tristán e Isolda

Tristán e Isolda son los personajes de una leyenda celta/irlandesa, que ha servido de fuente de inspiración a óperas, poesías y toda clase de literatura en el continente europeo. Thomas Malory los incorporó en su leyenda del rey Arturo, pero ya habían existido antes, formando parte de un ciclo de historias, el llamado Ciclo del Ulster. Lamentablemente no existe ninguna versión completa de él. Los amantes son antecesores de Lanzarote y Ginebra, que tienen sus raíces en el cuento irlandés de Deirdre y Noisi, aún más antiguo.

La historia del diseño del sauce

Durante el siglo XVIII había una gran afición en el mundo occidental por la cultura china, y ceramistas como Thomas Turner produjeron piezas de loza decoradas con diseños pseudochinos. Fue entonces cuando se inventó el diseño del sauce. Lamentablemente no existe un mito chino genuino, ni tampoco ninguna interpretación «correcta» de ese diseño de color azul y blanco. Sin embargo, se han inventado muchas historias para justificar y explicar las figuras, las casas, las plantas y las aves.

Mi hermano Jonatás

«Tu amor por mí fue maravilloso, muy superior al amor de una mujer.»

Así se puede leer el lamento de David por Jonatás, en el libro de Samuel del Antiguo Testamento. Después de la muerte de Saúl, David (autor de los salmos y antecesor de Jesús) se convirtió en el segundo rey de Israel, alrededor de 1000-960 a. C.

Arlequín y Colombina, y también Pierrot

Arlequín y Colombina son personajes clásicos de las comedias italianas del siglo XVI, que más tarde emigraron a Francia para llegar también a las pantomimas inglesas. En todas las obras aparecían los mismos caracteres, y la bufonada siempre era más importante que cualquier trama. Con esta escena se intenta captar el ambiente agridulce del mundo surrealista de Arlequín y Colombina.

La espada de Salomón

«Él tenía la sabiduría para saber juzgar.»

Ésta es la conclusión bíblica, en el *Libro de los Reyes*, de la historia de Salomón y el bebé. Este incidente ocurrió alrededor de 950 a. C. Curiosamente, la misma historia se puede leer en la literatura china del siglo XIV, donde el bebé se coloca en el centro de un círculo de tiza y las mujeres se lo tienen que ganar tirando con fuerza de él. Salomón, hijo de David, hizo construir el primer templo de Jerusalén; presumiblemente también es el autor del *Cantar de los Cantares*, otro de los libros del Antiguo Testamento y muy rico en imágenes de amor.

Perséfone y el río del amor

El mito griego de Perséfone y Deméter es más conocido que la pequeña historia del amor de Alfeo y Aretusa en él contenida. Su mito nació para explicar el extraño recorrido del Alfeo, el río más largo del sur de Grecia, que a lo largo de muchos kilómetros desaparece subterráneamente, antes de volver a salir a la superficie. La fuente de Aretusa también es un lugar famoso, aunque no se encuentre en tierras continentales, sino en la isla de Delos, cerca de Siracusa.

La muerte de la Muerte

Este cuento es uno de tantos de la gran riqueza de las historias inglesas de «Jack», donde el héroe, normalmente al principio, hace algo muy estúpido, pero después corrige su falta con un acto especial de valentía, ingenio o perspicacia.

Romeo y Julieta

Esta historia de amor, la más famosa de todo el mundo, apareció por primera vez en el *Novellino* (historias breves) de Masuccio Salernitano (1476), y después en la versión inglesa de Arthur Brooke en 1567, en la que se basa la obra de Shakespeare de 1596. Desde entonces, óperas, ballets, películas e incluso la obra musical de *West Side Story* han vuelto a contar esta famosa historia de amor.

Verona se puede enorgullecer de ser el hogar y escenario real de *Romeo y Julieta*, aunque tal vez no hayan existido nunca.

El palacio del amor

La ciudad de Agra, a orillas del río Jumna en la India, fue la capital del Imperio mogol durante el siglo XVII. Muntaz Mahal murió con 38 años, y su mausoleo se construyó entre 1631 y 1653. En él participaron obreros de muchos países, incluso originarios de Italia y Turquía. Todas las joyas que decoraban las paredes y los domos ya han desaparecido, pero la hermosa construcción sigue allí. Se cree que Sāh Yahān diseñó el Taj Mahal basándose en las descripciones del Paraíso que aparecen en el Corán, de modo que no lo construyó exclusivamente para su esposa sino también para venerar a su Dios.